Sybil Schreiber

Safranhimmel

Erzählungen

Elster & Salis wird vom Bundesamt für Kultur mit einem Förderbeitrag für die Jahre 2021–2024 unterstützt.

Sybil Schreiber
Safranhimmel
Erzählungen

Verlag Elster & Salis AG, Zürich
info@elstersalis.com
www.elstersalis.com

Lektorat Patrick Schär
Korrektorat Gertrud Germann
Satz Ulrike Groeger
Umschlaggestaltung André Gstettenhofer
Umschlagbild Philipp Stolz und Yen Huitan, pexels.com
Druck, Bindung CPI Books GmbH, Leck

1. Auflage 2022

ISBN 978-3-03930-043-3

Printed in Germany

DIE EINZIGEN,
DIE ALLES MITERLEBT HABEN,
DIE STEHEN DA
UND BEWEGEN SICH NICHT.
WÄNDE.

INHALT

SCHUSS INS OFFENE HERZ

Der Kühlschrank war leer. Er roch nach künstlicher Zitrone. Barbara hatte Putzmittel auf die weiße Spitze des Wattestäbchens gesprüht und jede Ritze gesäubert, aus dem kleinen Loch an der Rückwand schwarze Schmiere entfernt und daran gerochen. Sie schwitzte. Ihre Hände immer zu trocken, die Haut tief gefurcht. Schmerzhafte Risse. Sie fuhr sich kurz über die Stirn, die salzigen Tropfen wegwischend, dann durch ihre Haare, matte, graue Strähnen, die wirr in alle Richtungen zeigten. Sie hatte mit dem Wattestäbchen immer wieder in das Loch im Kühlschrank gebohrt, wo Tauwasser gesammelt wurde, das so gar nichts von Tau hatte. Diesen Dreck, der an ihn erinnerte, einfach weggewischt. Es hatte ihr gutgetan. Jedes Fach gründlich ausgeräumt und geputzt und alles weggeworfen, was normalerweise den Weg in seinen Magen genommen hätte. Aber jetzt kein Bier mehr, Lager hell, keine Margarine cholesterinarm, kein Senf mittelscharf, keine Silberzwiebeln in Essig. Kein Fleischkäse. Kein Emmentaler. Keine Tabletten mehr.

Kein Ernst mehr.

Barbara drehte den Schalter auf null. Das Licht erlosch. Das Brummen verstummte. Dann zog sie den Stecker aus der Wand, stellte den Wasserkocher neben der Spüle an, wartete, bis es zu dampfen begann. Sie hörte genau hin. Kurz bevor das Wasser kochte, wurde es leiser, so als würde es Anlauf holen. Sie hörte es jedes Mal, sie hatte noch nie mit jemandem darüber geredet, hatte keine Ahnung, warum der Klang von fast kochendem Wasser leiser war als der davor und der danach. Als würde Wasser bei 98 Grad kurz die Luft anhalten, um dann zu überborden. Sie kippte das heiße Wasser in den gusseisernen Topf, stellte ihn ins Eisfach. Die Kristalle knackten. Abtauen.

Die Vergangenheit abtauen, die Zukunft einfrieren.

Sie klemmte das Kabel in die Kühlschranktür, damit diese nicht zufallen konnte. Er brauchte Luft. Ein ausgeschalteter Kühlschrank braucht Luft. Sonst müffelt er. Das hatte sie schon im Haushaltsunterricht gelernt.

Ein toter Mann braucht Kälte. Sonst müffelt er.

Barbara wischte ihre Hände an der Blumenschürze ab. Sie war zufrieden mit ihrem Werk. Das dunkle Innere des Kühlschranks, die volle Mülltüte, die Stille. Kein Radio, das immer lief, wenn er da war. Mit dem Sender, den er gewählt hatte. Mit den Stimmen, die sie nicht kannte, die laut wurden, wenn Bundesliga lief und Ernst schimpfte, sie solle keinen Krach machen, er höre Bundesliga, dabei hatte sie nie Krach gemacht. Wenn überhaupt, war es nur der Staubsauger oder der Föhn.

Barbara konnte nicht laut sein. Sie hatte es mal versucht, ob sie schreien könnte. Ob sie richtig laut schreien könnte.

So wie Tarzan.
Oder ein Löwe.
Oder ein Baby.

Sie hatte im Bett gelegen, das kleine Zimmer zum Waldrand war ihres. In der Dämmerung, wenn der Sommer dem ersten Nebel Platz gemacht hatte, wenn Barbara früh ins Bett kroch, weil sie früh rausmusste, als Bäckerlehrling, sehr früh, mitten in der Nacht, und sie schlafen wollte, aber nicht konnte, denn vom Hochstand her zischten die Schüsse durch die Dämmerung, da war sie wieder aufgestanden, zum offenen Fenster, sie hatte die Tiere warnen wollen, ihnen zurufen, haut ab, rennt um euer Leben, sie in Sicherheit schreien. Sie hatte die Schüsse gehört, den Mund geöffnet, das Gesicht groß gemacht, die Augen aufgerissen – und keinen Ton herausgebracht.

Barbara war leise zurück ins Bett gekrochen, hatte das Kissen über ihren Kopf gepresst. Niemand hatte irgendetwas von ihr gehört.

Es war erst der Anfang gewesen. Der Herbst. Die Wildsaison, der Rehbraten der Mutter, das Rotkraut, die schmatzenden Mäuler am sonntäglich gedeckten Tisch im Wohnzimmer, der Grubner, der blaffte, dass er immer direkt ins Herz schieße, wie bei den Weibern, und immer treffe. Dabei grinste er die Mutter an, und zwischen seinen Zähnen hing Rotkraut, als wären es Fleischfetzen, als hätte er Tiere totgebissen. Die Mutter schüttelte den Kopf, ihre Haare zitterten, sie bekam rote Wangen, und danach sagte sie, Barbara, geh doch ein bisschen raus, spielen.

Spielen. Sie war fünfzehn, verlor Blut alle paar Wochen, so eine Sauerei, hatte die Mutter gesagt und für sie dicke Binden im Supermarkt gekauft, und dass sie ihr ja keinen Zwerg heimbringen solle. Jetzt, wegen dem Blut.

Barbara wusste, was sie meinte, sie wusste auch, dass sie selbst einer war. Alle wussten es, und darum hatte sie keinen Vater, weil der tot war oder weg oder beides. Nur wenige Male fragte Barbara vage, was denn sei mit ihrem …

Die Mutter unterbrach sie, bevor das Wort *Vater* Barbaras Mund verließ, pscht!, erwähne diesen Saukerl nicht. Nie, nie mehr, sei froh, dass ich dich behalten habe, ich hätte dich auch weggeben können, zu den Schwestern unten im Tal, aber ich habe dich behalten, und ohne dich hätte ich ein anderes Leben gehabt, aber das kann ich jetzt auch nicht mehr ändern. Ohne dich wäre alles anders geworden. Da wäre ich jetzt in der Stadt.

Das hatte die Mutter immer gesagt. Dass sie in der Stadt wäre. Als wäre das eine Auszeichnung. Eine Medaille. Ein Sieg.

Barbara hatte es geschafft. Sie war in der Stadt. Aber wie ein Sieg hatte es sich nie angefühlt. In den ganzen Jahren nicht, in der kleinen Dreizimmerwohnung mit Ernst. Frisch gestrichen war sie beim Einzug gewesen, es hatte noch nach Farbe gerochen, im Gang Novilon in Beige, leicht gesprenkelt, in der Küche orange-braune Kacheln, im Bad Neonlicht, eine Wanne, ein Waschbecken, direkt daneben das Klo. Die Schüssel nicht mehr neu, Kalklinien, hellgelb. Urinstein. Ernst hatte damals Salzsäure gekauft und die Spuren weggemacht. Er ließ die Säure über Nacht einwirken, wenn du mal musst, mach in die Wanne, hatte er gesagt.

Die Säure hatte stundenlang am Kalk genagt. Ernst nahm die Klobürste, spülte, scheuerte, spülte. Danach war sie wie neu, die Kloschüssel. Ab jetzt gehört sie dir, hatte er gesagt und nie mehr das Klo geputzt. Auch nicht, wenn er Spuren hinterlassen hatte.

Er hatte da klare Grenzen.

Du drinnen, ich draußen.

Auf dem kleinen Balkon vor der Küche saßen oft Tauben und gurrten und machten Dreck. Ernst scheuchte sie fort, wedelte mit der Zeitung.

Man müsste sie abknallen. Es gibt einen Taubenjäger in der Stadt. Der macht, dass sie tot von den Dächern kippen. Die spüren da nix. Die fallen einfach tot runter.

Barbara befestigte Alufolie zur Abschreckung am Geländer, silberne Streifen, die im Wind blitzten. Die Tauben mochten keine Alufolie, gurrten auf dem Balkon unter ihnen und kackten alles voll.

Einmal hatte Ernst kochendes Wasser von oben auf sie geleert. Dieses verdammte Gurrgurr! Aber die Tauben waren schneller als die Tropfen gewesen.

Drei Zimmer, das größte war das Schlafzimmer, das mittlere das Wohnzimmer, das kleinste für was auch immer. Sie mussten kein Ehebett kaufen, der Ernst hatte noch seines, ob es sie störe, dass seine Frau darin geschlafen habe?

Barbara sagte, nein, aber vielleicht eine neue Matratze.

Er war geschieden. Seine Frau hatte ihn verlassen. Für niemand anderen. Das sei das Schlimmste, sagte Ernst, wenn er nicht nüchtern und traurig war. Hätte sie einen anderen, dann hätte ich ihn vermöbelt. Aber so. Ist einfach gegangen. Das passiert mir nicht noch mal. Barbara. Hörst du.

Barbara wollte nicht wissen, was dann wäre, wenn sie ihn verlassen würde. Sie war bei ihm. Sie lebte mit ihm. So wie alle anderen. Als Paar. Sie hatte Ja gesagt. Sie war eine treue Seele.

Sie lehnte neben dem Kühlschrank mit dem Rücken an der Wand und hörte die Tropfen aus dem Eisfach in den gusseisernen Topf klatschen. Jedes Plitsch. Sie hatte keine Eile. Sie hatte es geschafft. Eben doch. Ein Sieg. Tropftropftropf.

Die Mutter war mit Barbara im Bauch im Dorf geblieben, wie mit einem Klumpen am Bein sei sie sich vorgekommen. Ich war eine von den Schönen, hatte die Mutter ihr gesagt. Eine von denen, die jeden hätte haben können. Sie sah Barbara an, wie man einen Apfel in der Auslage ansieht und abwägt, ob er schön genug sei, und dann den daneben nimmt und auf die Waage legt. Ach, lassen wir das, du musst ins Bett, früh raus, wasch dir die Haare, du riechst nach Hefe.

Barbara spürte, was die Mutter dachte. Du riechst nicht nur wie Hefe, du siehst aus wie Hefe. Nichts an dir ist fest, alles so unförmig. Und wenn Barbara die Mutter ansah, dachte sie oft, von der kann ich nicht sein.

Dann ging die Mutter ins Wohnzimmer, ohne gute Nacht, und Barbara ins Bad. Sie stellte sich den Wecker auf drei Uhr.

Sie würde mit dem Mofa ins Nachbardorf fahren, im Dunkeln, die Kälte würde noch nichts ahnen lassen von dem Altweibersommer, der träge tanzte wie ein müdes Liebespaar und alle mit Wehmut erfüllte und helle Silberfäden durch die Luft schweben ließ.

Bevor sie in die Backstube kam, zog sie sich um, wusch sich die Hände, setzte die weiße Haube mit dem Gummizug auf, sah sich im Spiegel über dem Waschbecken. Ein Gesicht, mehr nicht.

Zehn nach vier. Das Abwiegen von Teiglingen, das Klatschen auf Holz, das Rollen von Masse zu Zwirbeln und Schnecken, ihre Chefin mit ihr am Tisch arbeitend, das Radio im Hintergrund, das Schweigen zwischen den beiden Frauen erfüllt von Schlagern, in denen sich andere Frauen nach Liebe sehnten, Blumen bekamen und Küsse.

Ein Ort mit so viel Geruch, gutem Geruch. Barbara war die Einzige, die sich für diese Lehrstelle beworben hatte, ihr taten die anderen leid, die in Büros Zahlen vergleichen mussten, ohne deren Sinn zu verstehen. Oder die beim Arzt Blut und Urin und Eiter von den Menschen aus dem Dorf untersuchten. Und der Arzt würde, wie alle wussten, die jungen Mädchen im Nacken massieren und zittern, wenn er seinen Patientinnen Spritzen setzte.

Barbara backte lieber Brötchen, sie machte es gut, sie war zufrieden für diesen einen Augenblick und den nächsten vielleicht auch. Bis sie wieder mit dem Mofa nach Hause fuhr, auf den Feldern Traktoren, die ihre Fässer leerten, als hätten sie Durchfall, und wusste, dass daheim eine Mutter fragen würde, warum sie keine Torte mitgebracht habe. Morgen komme Besuch. Das wisse sie doch. Da hätte sie doch, also wirklich!

Der Grubner kam jeden Sonntag zum Essen. Schon immer irgendwie. Barbara wusste, dass er auch sonst oft daheim war, wenn sie nicht daheim war. Als sie in der dritten Klasse im Sport den Trimm-dich-Pfad machen mussten, der frisch an den Waldrand gebaut worden war, die Krankenkasse der Region hatte Geld gespendet, damit alle schlank und rank würden und nicht mehr an Herzinfarkt stürben, da hatte sie es gemerkt. Damals, es könnte ein Mittwochmorgen gewesen sein, die Lehrerin war ganz begeistert von den Stangen, an die man sich hängen konnte, und von den Stämmen, über die alle drüberhüpfen mussten. Wie aufgedrehte Spielzeugmäuse rannten die Kinder durchs Geäst, um fit zu werden.

Fit. War neu, das Wort. Barbara war weit weg von fit und von der Klasse, als Letzte keuchte sie auf dem Rückweg zur Schule an ihrem Haus vorbei, die Vorhänge im dritten Stock waren zugezogen, oben, wo Mutters Zimmer war. Barbara blieb stehen und sah hinauf. Das Fenster war gekippt. Von drinnen nach draußen drangen Geräusche. Wie Atemnot. Sie ging weiter, fragte sich, ob die Mutter krank sei.

Weiter hinten, dort, wo der Weg das Dorf erneut verließ und sich in die Fichten schlängelte, stand der Opel vom Grubner. Als wäre er im Wald auf der Jagd. Dabei lag er daheim auf der Mutter und schoss ihr ins Herz.

Oder sonst wohin.

Barbara hatte niemandem in der Klasse erzählt, was sie ahnte. In ihrer Fantasie sah sie alles so klar, die Mutter und er keuchend verschwitzt, mit Fingern, die sich ins Fleisch krallten, Mündern mit gierigen Zungen, und dieses Bild klebte nun in ihrem Gehirn direkt hinter den Augen auf ewig wie ein Dia.

Der Grubner. Der Jäger. Die Mutter. Das Reh.

Es hätte ihr auch niemand zugehört. Sie wurde beim Völkerball als Letzte gewählt, die Augen der anderen verdrehten sich, wenn sie versuchte, mit dem Ball jemanden abzuschießen, und den Boden traf. Sie saß im Klassenzimmer in der ersten Reihe, weil sie nicht gut sah. Oder weil dort niemand sitzen wollte.

Manchmal riefen die Kinder, dein Vater ist im Gefängnis.

Ein richtiger Gauner, der hat sogar mal dem Wirt die Kasse geklaut.

Nein, bei der Bank ist der eingebrochen.

Quatsch, der hat versucht, jemanden zu töten. Mit einer Pistole.

Jetzt lasst doch mal die Barbara in Ruhe, hatte das Fräulein Bodmer gesagt, die zum ersten Mal Lehrerin war und so lieb, dass Barbara sie immer anschauen musste und dann träumen konnte. Von einer Mutter, die wie sie wäre. Die ihr abends über die Haare streicheln würde, die ihr morgens ein Butterbrot mit Käse auf den Tisch stellen würde und warmen Kakao und ihr einen schönen Tag wünschen würde, und am

Sonntag Enten füttern, und wenn sie Fieber hätte, würde sie ihr Wadenwickel machen und vorlesen, mein Kind, ich hab dich lieb, du wirst wieder gesund, das wird schon, jetzt ruh dich aus.

Das sagen Mütter doch.

Früher, bevor sie in die Schule kam, dachte Barbara noch, dass sie und die Mutter ein Paar wären, nur wir zwei, Mama. Die Mutter weinte manchmal, und Barbara tröstete sie. Einmal an Weihnachten heulte sie den ganzen Abend, trank den Eierlikör leer, den sie in der Adventszeit selber gemacht hatte, und als sie alle Kerzen ausgeblasen hatte, sagte sie, magst bei mir schlafen, Kleine?

Das waren die schönsten Weihnachten gewesen.

Seit Barbara Grubners Opel und die zugezogenen Vorhänge gesehen hatte, dachte sie viel an Grubner. So viel, dass sie Halsweh bekam. Die Wut hatte sich auf ihre Lymphknoten gezurrt und war dort gefangen. Sie konnte kaum noch schlucken, der Arzt meinte, es sei nichts zu sehen, die Mandeln seien auch nicht angeschwollen. Dass ihre Stimme versagte, könne eine Überforderung der Stimmbänder sein oder psychisch.

Bsüchisch. Die Mutter lachte.

Sie solle eine Weile lang nicht reden, und wenn, dann nur flüstern, sagte der Herr Doktor.

Die Mutter meinte, die redet ja eh nicht viel, da macht es

keinen Unterschied, ob sie flüstert. Die sei immer schon so verstockt gewesen. Sie wissen ja, es ist nicht einfach, so ohne Vater.

Die Mutter sagte das Wort, das Barbara nie aussprechen durfte, es wanderte aus ihrem Schlund hinüber zum Herrn Doktor und wurde nicht mit Blicken ausradiert. Nur die Mutter durfte *Vater* sagen, dabei war es doch ihrer. Ihr Vater. Nicht Mutters.

Der Arzt sagte zur Mutter, und ein bisschen weniger Zucker, Frau Köbel. Sie wissen schon, was man als Kind zu viel auf den Rippen hat, das wird man nicht mehr los.

Er starrte auf Mutters Busen.

Auf dem Nachhauseweg zog die Mutter sie am Arm. Sie kniff sie dabei, als würde sie sie abführen. Als wäre Barbara die Täterin. Eine richtig üble Person. Eine, die man nicht lieben konnte. Die man wegwerfen sollte wie eine Puppe ohne Augen. Jede Entgegenkommende wurde von der Mutter freundlich begrüßt, der Griff wurde enger. Barbara hatte Tränen in den Augen. Der Bürgersteig verschwamm. Als die Mutter sah, dass sie weinte, blieb sie stehen, stellte sich vor sie und presste so fest am Oberarm, dass es richtig wehtat.

Reiß dich zusammen!

Barbara versteckte nun auch noch die Tränen irgendwo im Körper, in der Taille, da würden sie wie ein Rettungsring liegen und ein bisschen wabbeln.

Der Rettungsring füllte sich schnell.

An einem Sonntag nach dem Essen, als alle im Dorf satt auf ihren Sofas lagen und dem Nachmittag entgegenschliefen, als keine Kirche, kein Jubiläum, kein Verein nach ihrer Zeit grapschte, ging Barbara in den Wald. Zum Hochstand wollte sie, der Grubner war daheim bei der Mutter auf dem Sofa und rülpste den Rehbraten in die Luft.

Sie sah hinauf, stellte sich den Jäger vor, wie er durch sein Rohr blinzelte und auf die Tiere zielte und vielleicht sogar ihre Augen sah, ihre offenen Augen, die langen Wimpern, das Moorbraun der Iris, und ganz ruhig den Zeigefinger anzog und abdrückte und die Tiere tot machte. Die vorhin auf dem Teller in braunroter Sauce geschwommen waren. Barbara hatte nur die Knödel und das Kraut gegessen, und die Mutter hatte geschimpft, das sei das beste Fleisch, so frisch und rein und ohne Fett und vom Rainer höchstpersönlich getroffen. Sie hatte getroffen gesagt. Nicht ermordet, nicht erschossen, nicht ausgeweidet, nicht abgehäutet.

Getroffen. Und dabei hatte sie ihn angelächelt, den Mann.

Der Grubner hatte auch schon Bäume angeschossen, weil er auf alles schoss, auch grundlos. Barbara hatte die Löcher gesehen, sie waren weit unten im Baum, so nah, dass sie die Wunden im Stamm berühren konnte und sachte draufatmete und Heileheilesegen flüsterte. Der Baum machte es wie sie: Er bewahrte die Kugel im Inneren und ließ die Rinde darüberwachsen. Ein geübtes Auge konnte sie bis ans Lebensende sehen.

Aber geübte Augen waren selten. Schusswunden häufig.

Sie rüttelte an der Leiter. Nichts wackelte. Mannstarke Arbeit. Sie trat dagegen, der Hochsitz ächzte ein wenig. Sie stellte sich vor, wie sie mit einer Säge die vier Beine ansägen würde, so, dass man es nicht sehen könnte, und er würde mit seiner Knarre raufklettern und alles würde zusammenbrechen und fürchterlich Krach machen. Bestimmt würde sich ein Schuss lösen und ihn treffen. Mitten ins Herz. Das gehörte sich für einen Grubner.

Barbara nahm Tritt für Tritt, guckte nur nach oben, nicht nach unten, der Schwindel zupfte an ihrem Zwerchfell, wollte sie abhalten weiterzuklettern, was tust du da, du Dickerchen, nicht, dass alles zusammenkracht wegen dir.

Außer Atem griff sie beim Häuschen oben nach der Tür, zog sie auf und schaffte es, sich auf die Bank zu setzen, die Tür wieder zu schließen.

Und nun sah sie, was er sah. Die Blätter, die Äste, die Erde weit unten. Losgelöst. Der Himmel nur fetzenhaft zwischen dem Laub der Buchen.

Es ekelte sie, dass sie die Stelle Holz berührte, auf die er sein Hinterteil presste, bevor er abdrückte. Sie verlagerte ihr Gewicht, um nicht zu viel Kontakt zum Brett zu haben.

Es war unendlich ruhig. Da bewegte sich im Dickicht unter ihr das Reh, es musste vom Tisch hierhergeflüchtet sein, es sah noch frisch aus und rein und ohne Fett und ohne Kugeln im Herzen.

Barbara hielt still.

Sie bebte. Eine Art Muskelkrampf ließ alles an ihr vibrieren. Sie klammerte sich an die Holzplanke vor ihr. Es war, als wäre sie Grubner, als würde sie sein Gefühl spüren, wenn er hier saß, erregt von der Lust zu töten und das Gewehr aufs Ziel gerichtet.

Das Reh verschwand. Leise hüpfhüpfhüpf durchs Geäst.

Sie spürte, wie Warmes zwischen ihren Schenkeln floss. Sie griff sich in ihre Hose. Rote Finger. Der erste Schub wie immer eine Flut. Andere Mädchen in ihrer Klasse hatten die unreinen Tage ein bisschen, sie hatte sie vom ersten Tag an, als würde sie daran sterben wollen, als wäre sie verletzt und nicht mehr zu retten. Was irgendwie auch stimmte.

Sie suchte nach einem Taschentuch, fand ein zerknittertes in der Hosentasche. Sie hob vorsichtig ihr Gesäß, presste das Taschentuch mit der rechten Hand in die Unterhose, mit der linken hielt sie sich fest. Sie sah, dass das Holz einen dunklen Fleck bekommen hatte. Eine Markierung.

Sie stand auf, öffnete die Hose, schob sie runter, dann die Unterhose bis in die Kniekehlen, setzte sich mit ihrem nackten Fleisch auf die Holzbank. Sie spürte, wie sich das faserige Holz vollsog mit ihren Säften.

Sie ließ sich Zeit, putzte sich mit dem Taschentuch zwischen den Beinen, warf es hinunter, es fiel langsam,wie in Zeitlupe, ohne Eile, immer mit der Ruhe, fast so, als würde es den freien Fall auskosten und landete schliesslich auf einem Brombeerbusch oder so, sie konnte es nicht genau erkennen.

Sie zog sich wieder an und kletterte behutsam auf den Waldboden hinunter. Sie beugte sich zur Seite, der braunrote Fleck war nur zwischen den Beinen an der Hose zu sehen. Sie zog ihre Jacke aus und wickelte sie um ihre Hüften. So würde niemand etwas bemerken. Das verfärbte Taschentuch hing wie eine Trophäe in den Brombeeren. Sie ließ es dort.

Mit Grubner solle man sich nicht anlegen, hieß es im Dorf. Der und seine Waffen. Und Geld hatte er, woher auch immer. Der nahm sich, was er wollte. Und ein Mundwerk und ein Lachen hatte der, das jeden klein machte.

Er würde in ihrem Blut sitzen. Und in ihrem Pipi.

Als sie nach Hause kam, schlich sie ins Bad, wusch die Hose mit kaltem Wasser und Gallseife, zum Trocknen hängte sie sie vors Fenster ihres Zimmers. Die Mutter durfte nicht wissen, was passiert war.

Barbara verzog sich auf ihr Bett, hörte Kassetten und bemerkte nicht, wie die Mutter ins Zimmer torkelte. Ihre Lippen nicht mehr so rot wie vor dem Essen. Sie tanzte, Barbara musste wegsehen. Die Mutter ließ sich aufs Bett sinken, ihr Becken berührte dabei Barbaras Fuß, sie zog ihn zurück. Die Mutter lachte und griff nach Barbaras Hand.

Komm, wir tanzen, was hörst du denn da, mach lauter! Sie zerrte an Barbaras Hand, steh auf, stell dich nicht so an, komm, wir sind jung.

Ihre Hand rutschte aus Barbaras Hand, die Mutter fiel

rückwärts mit dem Kopf ans Nachtkästchen, der Kassettenrecorder zu Boden. Kein Viva España mehr.

Danach schlug die Hand Barbara ins Gesicht, und die Mutter sagte, der Rainer, der wolle mit ihr zusammenziehen, sobald Barbara weg sei.

Wenig später richtete sich Barbara in einem kleinen Zimmer über der Bäckerei ein. Damit sie nicht immer so früh rausmusste. Die Lehrmeisterin zog ihr die Miete direkt vom Lohn ab, auch das Essen. Sie bekam noch fünfzig jeden Monat. Bar auf die Hand. Drei Jahre lang. In ihrer Kasse lagen 1480. Barbara konnte gut sparen. Mit allem.

Die Mutter sah sie nur noch selten, am Geburtstag, auf einen Eisbecher beim Italiener im größeren Dorf neben dem alten Dorf.

Schmeckt's?

Lecker.

Und sonst?

Kann nach der Lehre in der Bäckerei bleiben. Die behalten mich. Und du?

Ich fahr nach Italien mit Rainer. Das ist jetzt offiziell.

Barbara aß ihr Eis.

Die Mutter fragte, freust du dich denn nicht? Vielleicht heiratet er mich. Dann wäre alles gut. Ein echter Gentleman. Er ist ganz anders, seit du weg bist. Und gut gestellt. Hat jetzt einen Mercedes.

KUCHEN OHNE GUSS

Als Isa neu in die Stadt gekommen war, verbrachte sie die meiste Zeit bei Ikea und dann bei sich daheim auf dem Boden. Sie schraubte Regale, Bett, Sofa, Tische, Stühle zusammen, die Kartons versteckte sie im Keller auf Nimmerwiedersehen und verarbeitete kilometerlange Vorhänge, deren Säume sie mit Klebeband festbügelte. Es wurde alles genau so, wie sie es geplant hatte.

Ganz anders als sie selbst. Sie war ein Ausversehenkind. Kein so angepasstes Wunschkind wie ihre jüngere Schwester und die vier Brüder danach, sondern ein wild gezeugtes Wesen nach einer durchkifften Nacht im Sommer vor dreiundzwanzig Jahren, als Ulrike und Ulrich am Lagerfeuer ihren Abschluss als Sozialarbeiter feierten, ihre Namen änderten in Uli und Ulizwo, weil Uli als Frau an erster Stelle stehen musste und der Mann an zweiter. Der Ulizwo eben. Euch alle gibt es nur wegen mir, sagte Isa ihren fünf Geschwistern, wenn sie sie ärgern wollte und sich wie immer fehl am Platz fühlte.

Als sie sagte, sie werde Bürokauffrau und ziehe weg, sahen ihre Eltern sie an, als wäre sie nicht selbst gemacht.

Ich werde mir die Nägel lackieren, Zehnfinger lernen und nicht mehr nach Land riechen.

Ihre erste eigene Wohnung. Sie sollte aussehen wie auf Seite 28, das weiße Klappsofa mit bunten Kissen, Klapp, falls mal Besuch kommen würde, könnte ja sein, vielleicht ihre Schwester, vielleicht die Clique aus der Berufsschule, mit der sie dann am großen Küchentisch, Seite 89, sitzen und lachen und reden würde. Mit Geschirr von Seite 127. Auf dem Foto auf Seite 28 war ein Sekretär links an der Wand, dort saß eine Frau, sie hatte einen Laptop vor sich, bestimmt hatte sie einen tollen Job und verdiente enorm viel Geld und war wahnsinnig erfolgreich. Sie sah konzentriert aus. Weiter hinten auf dem Bild, in der offenen Küche, ein Mann, vor ihm Orangen, er sah glücklich aus, vielleicht weil die Orangen genau richtig reif waren, vielleicht weil die Sonne durchs große Fenster des Lofts schien, vielleicht weil ihn die Möbel von Ikea einfach glücklich machten oder die Frau vorher wilden Sex mit ihm gehabt hatte. Auf dem Boden vor dem Sofa der dicke Teppich, ideal für Sex ohne Ankündigung. Kaufen also.

Die gelben Zettelchen am Rand der Seiten waren verschwunden, die Möbel aus dem Katalog in ihre Wohnung gezogen. Isa saß am Sekretär, vor sich ihren Laptop, sie drehte sich um, das Sofa, der Teppich, die Kissen, alles da. Nur der Mann nicht.

Isa nahm das Handy und fotografierte sich so wie im Katalog. Sie schickte das Bild an ihre Schwester.

Lotte kommentierte es mit dreitausend Herzchen und Smileys und schrieb, *geil!*

Die Wochen und Monate zogen vorbei wie Rolltreppen rauf und runter. Ihre Finger klimperten über die Tastatur im Büro, sie hatte die French Manicure im Blick, ihre Nägel, die so blitz und blank waren, als hätte sie nie Giersch aus dem Boden gezogen, der nach nasser Erde schmeckte und das Blut reinigen sollte und von Uli Zipperleinskraut genannt wurde. Sie lernte Tabellen anlegen und Rechnungen ablegen. Wenn sie in den Kaffeepausen den anderen vom Hof, von den Tieren und Pflanzen erzählte, hörten ihr alle gebannt zu. Isa, in Mohnblumenbluse und Nadelstreifenhose im Matrosenschnitt, Zalando wie alles, was sie trug, musste nicht einmal übertreiben, um die anderen in ihren Bann zu ziehen.

Vom Sofa aus konnte sie den Himmel sehen. Wenn sie ihren Kopf auf das Kissen mit den aufgestickten Rosen legte, konnte sie auch noch ein paar Äste erkennen. Der Baum im Hinterhof war nach dem Herbst nackt geworden, dann vom Schnee vollgekleckert und nun in Aufbruchstimmung. Die Sonne gaukelte gute Laune vor. Isa holte sich eine Sonnenbrille und legte sich zurück aufs Sofa. Sie war nur selten im Freien. Eine Gegenreaktion auf ihre Kindheit. Vielleicht aber auch nur aus Angst vor dem Draußen, auf das sie keinen Einfluss hatte. Lotte hatte ihr gesagt, sie solle mit jeder Straßenbahn und jedem Bus bis zur Endstation fahren, um die Stadt gut kennenzulernen.

Als wärst du eine Spinne, die ihr Netz spannt.

Isa rechnete aus, dass sie dreiundzwanzig Tage brauchen würde, wenn sie jeden Tag einen Faden spannen würde.

Sie wollte lieber an Ort und Stelle und allein sein. Ohne den verlotterten Hof weit weg von allem mit seinen Enten und Katzen und Hunden und Eseln. Ihr habt schon eine traumschöne Kindheit, sagten ihre Eltern Uli und Ulizwo immer, ein Traum für Kinder, voller Freiheit, ohne Zwänge und Enge und Mief. Immer waren Leute auf den Hof gekommen, die Probleme hatten oder kein Geld, meistens beides, die Landluft brauchten und nie mehr wegzogen, sondern blieben und abends in der Küche der Essigmutter Rotwein vom Vorabend schenkten und lernten, wie man Traktor fährt und Kartoffeln erntet. Die Gruppe war eine wabernde Masse, in der alle versanken wie Rosinen im Sonntagszopf. Isa wollte weg, schon lange, es kam immer was dazwischen, ein Brand im Stall, ein Hagel über den Obstbäumen, eine geplatzte Wasserleitung, ein neues Kind in Ulis Bauch. Jeder musste mit anpacken. Auch bei der Geburt. Isa wollte nicht sehen, wie José zwischen den Beinen ihrer Mutter hervorguckte. Zum Glück fing Balthasar an zu schreien, als er das Blut sah und dachte, seine Mutter würde sterben.

Kümmer dich um ihn, sag ihm, dass alles gut ist, geh zu den Kälbchen.

Sie hatte Balthasar auf den Arm genommen, war mit ihm ins Freie gegangen und hatte ihm gesagt, dass andere Mütter bei so was ins Krankenhaus fahren würden und dass die Kälbchen mit Seilen aus den Kühen gezerrt würden und dass Kinder bekommen einfach widerlich sei.

Sie hatte sich heimlich beworben, die Lehrstelle in einer Marketingagentur bekommen, die es toll fand, dass sie so öko und bio drauf war, vielleicht auch, weil die Agentur grad das Budget für Müsliflocken aus dem Schwarzwald bekommen hatte und Input brauchte aus dieser heilen Landwelt. Sie würde drei Jahre lernen und Geld verdienen dabei. Von den Großeltern bekam sie Startgeld, sag's nicht dem Ulrich, die froh waren, dass die Enkelin sich aus dem Sog der Kommune befreien wollte. Eine Frau aus der Agentur hatte ihr eine Miniwohnung in dem Wohnblock aus den Siebzigerjahren mit Gegensprechanlage und Lift organisiert. Sie kannte eine Familie, die auch hier eingezogen war, mit Kindern, falls du mal hüten willst, die wären sicher froh.

Alle Ampeln für ihr neues Leben waren auf Grün, dabei hatte Isa früher kaum Ampeln gesehen. Eher Bäume und Wildschweine.

Irgendwas haben wir falsch gemacht, sagten Uli und Ulizwo und veranstalteten ein großes Fest auf dem Dachboden mit allen, damit Isa die Energie mitnehmen würde, singend die Gruppe, tanzend im Kreis, dauernd war irgendwie ein Arm auf einem anderen Arm. Berührungen untereinander, als wären sie Lemuren beim Sonnenbaden, und immer wieder diese Sätze, lass dir von der Stadt nichts vormachen. Sie mussten es wissen, sie waren ursprünglich selbst Städter gewesen und würden nie mehr zurück in dieses Rattenrennen um Geld und Schein und Oberflächlichkeiten.

Kurz nachdem sie in die Stadt gezogen war, hatte sie sich die Haare raspelkurz schneiden lassen. Die Friseurin fand sie cute, voll stylish. So androgyn. Isa fand, weg mit ihren fettigen

Strähnen, die müde über ihre Schultern hingen, als wären sie ein nasser Mantel an einem Garderobenständer. Kurz. So kurz wie möglich. Sie filmte sich während des Schneidens. Sie filmte die Haare am Boden des Salons. Leichenhaare. Die Friseurin wollte die Haare wegwerfen. Isa bat sie, alle in eine Tüte zu stopfen. Sie nahm sie mit, ging in den Hof der Siedlung und streute sie unter die Büsche. Für die Amseln und ihre Nester im Frühling.

Doch noch ein Landmensch.

Isa bestellte sich das Essen meistens online. Sie plante die Menüs in aller Ruhe. Suchte nach Bewertungen, loggte sich ein. Nannte sich Peter&Silia, verteilte Sternchen und likte alle Kommentare zu ihrem Kommentar.

Sie schrieb Lotte, *kochen ist out, essen ist in.*

Lotte antwortete, *sag das mal den anderen, die machen heute Bärlauchwürste.*

Durch die Gegensprechanlange meldete sich eine Julia, dein Dinner ist da. Ich stell's dir auf die Treppe.

Warte, ich komme runter.

Sie rannte die Treppe abwärts, gab Julia Trinkgeld.

Danke, das ist flott. Macht kaum noch jemand.

Magst du mitessen?

Julia guckte nur.

Nein, geht nicht, aber danke.

Vielleicht ein andermal.

Vielleicht.

Isa öffnete die Papiertüte, sah kurz hinein, Styroporschachteln, warmer Duft nach fettiger Küche, Stäbchen. Sie ging die vier Etagen hinauf, zwei Stufen auf einmal, den Lift nahm sie nie. Ihre Schwester hatte gesagt, sie solle bei allen klingeln, schließlich sei das auch eine Gemeinschaft, sie solle sich vorstellen, wer weiß, vielleicht wäre sie mal froh um Kontakt.

Klingeling. Guten Tag. Ich bin die Isa, ich wohne im vierten Stock, kenn mich gut aus mit Kräutern und Ackerbau, wenn ich traurig bin, drücke ich mir Mitesser aus, und wenn Sie mal Servietten brauchen: Ich habe ganz viele von Ikea, die waren grad günstig.

Das Thai-Essen auf dem Sofa. Sie hatte alles in die neuen Teller geschoben, als hätte sie es selbst gekocht. Sie machte ein Selfie vom Essen, von sich und vom Sofa. Das Panang-Curry tropfte auf den Teppich. Der Curryfleck ging gut raus, der Teppich war aus Polyirgendwas, schmutzabweisend.

Isa holte sich Chips aus der Küche, Chips hatten sie daheim nie gegessen, sie nahm die Decke mit den roten Blumen. Eigentlich wollte sie die gelbe von Seite 145, war aber ausverkauft, drum bei Connox bestellt, ein Seitensprung sozusagen, aber Ikea war aus Schweden, die sind tolerant, wenn's um Liebe geht oder um Sofadecken. Und in der Agentur würde Connox sowieso besser klingen, wenn sie mal Besuch bekommen würde und sagen könnte, ein Schnäppchen, online, von Marimekko.

Sie setzte sich mit Chips und der Decke auf den Balkon. Die Chips in ihrem Mund machten Krach, waren zu laut. Sie konnte nicht mehr hören, was die Stadt am Feierabend zu sagen hatte.

Das Kreischen der Straßenbahn, das Kläffen von Hunden, Kindergelächter, Bälle, die an Wände prallten, Hupen, Flötentöne von irgendwoher, Stimmen in allen Tonlagen. Nur wenn sie den Mund stillhielt, vernahm sie die Geräusche. Ihr Kauen wurde zum An-Aus-Schalter für den authentischen Sound der Urban Players, Isa begann, in der Sprache der anderen zu denken. Es war nicht schwer.

Uli hatte ihr mal gesagt, wer mit sich selbst glücklich sei, dem könne das Leben nichts anhaben und der sei dann auch alleine zufrieden. So gesehen musste ihre Mutter sehr unglücklich sein, mit all den Menschen in voller Lautstärke um sie herum und an ihr dran und in ihr drin. Isa kaute weiter.

Sie hatten einen neuen Kunden in der Firma, eine Schule für Körperarbeit, die jetzt auch Online-Kurse gab. Während die anderen eine Werbestrategie entwickelten, von Shiatsu und Findedeinemitte redeten, von Spirit und Future, meldete Isa sich bei dem Massagekurs an. Für den Hausgebrauch. Vier Mal online und ein Team-Wochenende. Sie erzählte ihrer Chefin davon. Dass sie das jetzt einfach mal testen würde. Undercover. Ihre Chefin fand das voll wow. Authentisch. Ihr Lieblingswort. Einmal im Monat am Samstag Theorie per Zoom. Probanden fürs Praktische musste man sich selber organisieren. Sie hatte keine Ahnung, wen sie fragen könnte.

Julia?

Jemanden aus dem Haus?

Niemanden aus der Firma.

Sie suchte auf Youtube Videos von Massagetechniken, sie begegnete halb nackten Vollbusigen über Keuchenden. Schnell tippte sie *medizinische Massage* ein. Es kamen Menschen in weißer Krankenhauskleidung vor Tafeln mit anatomischen Bildern. Sie klickte sich durch, übte am eigenen Oberschenkel Petrissage, Tapotement, Friktion. Klopfen, kneten, vibrieren. Das Bein daneben wollte dann ebenfalls in die Hand genommen werden. Berührungen mit anderen hatte Isa seit dem Auszug nicht gehabt. Kein Benno, der ihr den Rücken streichelte, statt beim Abwasch zu helfen, keine Marianne, die in ihren Händen las und raunte, du wirst eine große Heilerin, keine kleinen Kinder, die an ihr raufkletterten und mit ihren Ohrringen und langen Haaren spielen wollten.

Sie kaufte Mandelöl in der Drogerie um die Ecke und facetimte mit Lotte, schick mir Ringelblumen, getrocknetes Eisenkraut und Lavendel. Und dann kommst du mal.

Echt.

Ja, echt, aber ohne die anderen.

Logo. Und sonst so?

Gut, und bei euch?

Fehlst halt schon. Ulizwo redet viel von dir.

Hätte ich nicht gedacht.

Dass du der Anfang von seinem richtigen Leben gewesen wärst.

Sweet. Der Paps.

Wann kann ich zu dir?

Bald.

Das erste Treffen mit der Massagegruppe, ein virtuelles Kennenlernen. Isa öffnete den Link zum Zoommeeting und wartete darauf, vom Studienleiter hereingelassen zu werden. Sie hatte ihren Laptop so gestellt, dass ihr Wohnzimmer größer aussah, auf einem Sideboard hatte sie Fotos platziert, die nicht sie zeigten, sondern ein Pärchen an Stränden, sich umarmend. Oder lachend mit Helm auf einer Skipiste. Ausgedruckt auf Fotopapier und eingerahmt in Ribba, weiß, dreiteilig. Fotos, die sie ausgeschnitten hatte in der Elle von einem fremden Liebespaar. Sie schob die Kamera näher.

Nach und nach ploppten Köpfe in Vierecken auf den Bildschirm. Fünfzehn in ihrem Lehrgang. Zwölf Frauen, drei Männer.

Manche hatten sich so vor den Bildschirm gesetzt, dass Isa ihre Nasenhaare sehen konnte, andere hingen vor Bücherwänden in Bürostühlen, saßen aufrecht hinter Küchentischen, zwei der drei Männer trugen undefinierbare Bequemoberteile und hätten gut zur Kommune daheim gepasst, der dritte kaute auf irgendwas rum. Die Frauen mehrheitlich ungeschminkt. Alle erfüllten den Wellness-Dresscode.

Niemand, der Isa interessierte.

Sie sah sich selbst an, oben rechts im Feld, sie gefiel sich, saß auf dem Sofa, den Laptop so, dass ihr Drumherum zu sehen war, die bunten Kissen neben ihr als Farbtupfer, dahinter die Bilder einer intakten Beziehung von gut verdienenden Menschen. Unscharf zwar, aber mit etwas Fantasie würde jeder erkennen, das hier ist eine junge Frau, die ein perfektes Leben führt.

Der Studienleiter eröffnete den virenfreien Umtrunk, kleiner Scherz, redete von Praxiserfahrung, die sie am Weekendworkshop zum Abschluss machen würden, in einem Seminarhaus in den Bergen. Eine fragte, ob es auch Einzelzimmer geben würde. Ja, aber nur wenige. Isa wusste, sie musste eines haben, für sich allein. Mit Fremdmenschen die Nacht verbringen, eine unerträgliche Vorstellung.

Sie hatte noch nie mit jemandem so richtig eine Nacht verbracht. Es fehlte ihr nicht. Vielleicht auch, weil sie zu viel Körperkontakt hatte fast ein Vierteljahrhundert lang auf dem Hof, wo Lust unverbindlich ausgelebt wurde und Nacktheit ein Zwang war. Wie sie es gehasst hatte, diese Unbekleideten um sich herum.

Sie googelte *asexuelle Wesen.*

Sie erkannte sich selbst.

Es war keine Krankheit.

Es war eine Befreiung.

Sie hörte Stimmen im Treppenhaus, Lotte, ihre Eltern, die Jungs, die sich stritten, wer mit dem Lift fahren dürfe. Zuerst kam Hummel angerannt, sprang an ihr hoch. Sie hatten einander ewig nicht gesehen, nicht nur sie und der Hund. Auch die anderen. Der Geruch von Moschus und Heu hing in ihren Kleidern. Isa wurde von Uli und Ulizwo umarmt, so ganz anders siehst du aus. Dann Lotte, die sich an sie klammerte, als wäre sie eine Boje. Die Brüder interessierten sich für den Balkon und spuckten in den Hof, wer zuerst unten landete, hatte gewonnen.

Alles Gute zum Geburtstag, Lotte fand, wir könnten dich überraschen.

Der Kuchen ohne Guss und vollkornig, immerhin mit einem Marienkäfer aus Marzipan drauf.

Den hat Johannes für dich ausgesucht.

Johannes schrie, stimmt gar nicht, ich wollte Smarties.

Isa hatte bei Supersuppe Essen bestellt. Rote Bete, Orange, Ingwer, Suppe fürs Gleichgewicht. Grünkohl, Fenchel, Fetakäse, Suppe für Kreative. Mais, Zitronengras, Kokosnuss, Suppe gegen Fernweh. Linsen, Suppe für die innere Balance.

Julia würde sie bringen, sie würde heraufkommen und ihre Familie kennenlernen.

Davon wusste Julia nichts.

Julia war für Isa fest mit Essen verbunden. Mit ein Grund, warum Isa selten kochte. Wenn Julia klingelte, war ihr Leben köstlich.

Die Geschichten vom Hof aus den Mündern ihrer Eltern, dass ein Baby im Kommen sei, von einer Frau, die früher bei BMW war und einen Burn-out hatte und ein Cabrio, also das hat sie immer noch, das benutzen jetzt alle, wenn die Sonne scheint. Dass sie Edamame anbauen würden und auf dem Markt einen besseren Standplatz bekommen hätten und es wie gestört laufe.

Isa hörte ihnen zu und sah sie an, als wären sie die Protagonisten in einer Arte-Doku über exotische Urvölker.

Lotte sagte, ich will bei dir bleiben.

Nix da, bestimmten die Eltern, mach du erst mal deinen Abschluss.

Ulizwo sagte, er würde eigentlich gerne mal ein Wochenende hier verbringen mit Uli und dem Cabrio, er zwinkerte pseudoverliebt.

Der Hund lag auf dem Teppich und furzte.

Als es klingelte, rannte Isa mit Lotte die Treppe runter, als wären sie kleine Mädchen. Die Brüder nahmen den Lift.

Es war nicht Julia diesmal, sondern ein Irgendwer, der ihr die Suppe lieferte.

Ich dachte, Julia würde kommen.

Die ist nicht mehr bei uns, die will weg, sagte der Mann und radelte davon.

Lotte nahm die Suppentasche, sie alle den Lift. Isa quetschte sich mit ihren Geschwistern hinein, die Schiebetür schloss sich, José, der Jüngste, der so hieß, weil er in Spanien in Ulis Bauch gelandet war, durfte drücken. Die Vier.

Wie sieht die aus?

Wie ein Stuhl.

Isa legte ihre Arme um alle, um Lotte, Balthasar, Johannes, Xaver und José, als wären sie ihre Küken. Es roch nach gekochtem Gemüse, fast wie auf dem Land.

Lotte sagte, irgendwann werde ich wie du.

Warte noch, sagte Isa, bis ich besser bin.

Dann der Workshop in den Bergen und der Duft von Lavendelöl, die Töne der Klangschalen, die sich in ihr Innerstes vibrierten, die Hände auf Körpern, auch auf ihrem, die Nähe der anderen, die einander nur vom Bildschirm kannten, ihr Einzelzimmer unterm Dach, von dem aus sie den Mond sehen konnte durch das Fenster über dem Bett.

Die meisten aus dem Kurs hätten super zum Hof gepasst. Der Studienleiter sagte zu ihr, als sie mit ihrem Daumen unter einem rechten Schulterblatt Verspannung rausdrückte und der Mensch dazu jaulte, sie habe gute Energie in den Händen, und legte seine auf ihre Schulter.

Sie schüttelte sie ab und sagte, ich weiß auch, mit welchen Kräutern man richtig fett Durchfall bekommt.

Als sie zum Abschluss am Sonntagnachmittag gefragt wurden, wie sie sich fühlten. Da sagte Isa, ganz.

In ihren Briefkasten daheim legte eine junge Frau ein Kuvert. Handgeschrieben beschriftet.

Für Isa, Julia.

DIE KERZE, DIE KANNST DU WIE SONST KEINE

Er griff nach dem Handy, steckte es in die Jackentasche seines Anzugs. Dunkelblau. Hellblaues Hemd. Keine Krawatte. Braune Schuhe. Er zog die Hand aus der Tasche, einen Schnuller zwischen seinen Fingern.

Die Kinder waren einfach überall.

Der Schnuller landete neben der Müslischüssel, diesem Brei, graubeige, mit frischem Schrot, von ihr gemahlen am Abend vorher und eingeweicht in Hafermilch. Kirsten nahm den Schnuller und warf ihn in den Abfall. Im Gang kreischten die Zwillinge, sie jagten einander, Tim konnte lauter schreien als Tora. Tora konnte schneller rennen. Kirsten sah ihre Kinder an der Küche vorbeitoben. Sie hätte sich am liebsten die Ohren zugehalten, dieser Krach, diese Kraft, diese Kinder.

Moritz rief, ich muss! Gab ihr einen Kuss irgendwohin ins Gesicht oder so, damit sie wusste, er war jetzt dann gleich weg, sie war jetzt dann gleich allein mit den Kindern, die so laut waren.

Sie mochte seinen Kuss nicht, der nichts mit ihr zu tun hatte. Kein Kuss von einem Mann an eine Frau. Sondern ein Kuss wie ein Termin in der Agenda. Danach wurde der Termin durchgestrichen.

Sie hörte die Kinder, wie sie Moritz umarmten und er sie klapste oder boxte, auf jeden Fall schrien die beiden, und dann trommelten Fäuste auf den Anzug. Sanfte Patschpatschs. Dumpfes Klopfen von Kinderfäusten, das niemandem wehtat.

Die Tür fiel ins Schloss.

Sie war allein. Sie war Mutter von zwei Vierjährigen, die sie nicht gewollt hatte. Sie wollte *ein* Kind. Wenn überhaupt. Es hätte nicht sein müssen. Jedenfalls nicht damals schon. Und nicht doppelt.

Er wollte viele Kinder. Auf jeden Fall. So schnell wie möglich.

Du weißt schon, dass die Eizellen ab siebenundzwanzig rapide abnehmen.

Von Spermien hatte er nicht geredet. Nur von ihren Eizellen, die sozusagen Schrott werden würden in absehbarer Zeit.

Sie hatte sein Stürmen leidenschaftlich gefunden. Ihre Freundinnen klagten, dass alle Männer weglaufen würden, wenn sie zaghaft das Wort *Kind* in den Mund nahmen. Und du hast so ein Glück! Der will Kinder. Kein Mann wolle Kinder beim ersten Date. Ihre Freundinnen sagten, sie habe es gut, Moritz sei einer, auf den Verlass sei. Toller Job, verdient gut, kocht gut, kann alles gut. Kirsten, du hast so einen Dusel. Also echt. Mit dem kannst du auch deine Kunst nebenher machen, und er kümmert sich um den Rest. Bestimmt. Er ist ein Kümmerer. Und ein Schöner. Ein Vielzuschöner.

Seine Küsse waren Kirsten immer suspekt gewesen, seine Zunge wie Brei. Eine Freundin hatte ihr mal gesagt, wenn du ihn nicht küssen kannst, zieh weiter.

Sie war geblieben. Auf der Strecke. Vielleicht auch deshalb, weil sie müde war vom Küssen und Suchen mit der Zunge.

Kirsten sah Moritz nach ihren ersten gemeinsamen Nächten oft an, wenn er eingeschlafen war, nachdem sie versucht hatten, Kinder zu zeugen, und dabei unnötig laut waren. Als Beweis dafür, wie gut sie es miteinander hatten. Der Applaus der Liebenden: keuchen. Vielleicht klappt's ja, hatte er gesagt, vielleicht schneller, als wir meinen, und war eingeschlafen. Auf dem Rücken. Wie tot. Sie hatte ihn angesehen, seine Nasenflügel vor allem, diese Wand zwischen Nasenhöhle und Außenwelt, die bei ihm so dünn war und so fest angewachsen, die Haut spannte, die Nasenlöcher wie kleine Knopfaugen. Sie stellte sich vor, in diese Löcher zu kriechen, darin könnten Zwerge wohnen, auf kleinen Bänken sitzen und von drinnen nach draußen gucken und nie rauskommen. Denn drinnen, in seinen Nasenhöhlen, war es so sanft und leise. Sie mochte ihn und seine Nischen.

Er sagte, er liebe sie, sie sei wundervoll, sie sei genau die, auf die er zweiunddreißig Jahre lang gewartet habe. Sie lächelte und sagte nichts. Sie wusste, dass er log. Er hatte nicht gewartet. Er hatte verführt, er hatte diesen Satz bestimmt schon zehn Mal gesagt. Er hatte einmal gemeint, sein einziger Fehler sei, dass er alles könne. Und spätestens mit fünfunddreißig wolle er Vater sein. Damit das klar sei.

Es dauerte länger. Sie hatten sich beide untersuchen lassen. Kirstens Eier waren frisch und pünktlich reif. Seine Spermien müde. Als ihnen die Ärztin im Babyzentrum das Resultat mitteilte, starrte er auf den Boden. Sein Kehlkopf hopste rauf und runter. Kirsten streichelte seinen Oberschenkel, das wird schon, wir geben nicht auf, mach dir keine Sorgen. Die Ärztin gab ihnen Prospekte mit, auf denen viel über Stress und Hormone zu lesen war. Sie hätten ja noch Zeit.

Liebst du mich trotzdem?
Sie nickte.

Er wollte so sehr, dass sie auch wollte. Einfach für ihn und weil sie schon so lange zusammen waren, und irgendwie war's ja auch gut mit ihm und ihrem Leben. Und jünger wurde sie auch nicht, und Kinder gehörten doch zum Leben. Sie hatten ja auch einen Staubsauger.

Sie wurde schwanger, mit ein bisschen Nachhilfe und Medis und einer gründlichen Zeitplanung. Die Stellungen im Bett hatten sie der Kraft der Erdanziehung angepasst, sie saß nie mehr lange auf ihm. Er schob sie runter, nahm sie, stemmte ihr Becken hoch, sie lag auf dem Rücken, das Genick knackte, so abgewinkelt war ihr Körper vom Kopf, eine stramme Kerze auf den Schulterblättern. Die Frau Wendlinger wäre begeistert gewesen von ihrer Kerze im Turnunterricht.

Schaut euch mal die Kirsten an, die macht das richtig. Die Zehenspitzen und die Pobacken zusammenklemmen und halten, halten, halten! Spannung, ja, das wird eine gute Note, Kirsten, die Kerze, die kannst du wie sonst keine.

Das Geschrei im Gang war vom Kichern ins Heulen gekippt. Tim kam in die Küche gerannt, eine dicke Beule auf der Stirn, Tora war's, Tora war's.

War was?

Mich ans Regal geschlagen.

Tora stand in der Tür und schluchzte. Stimmt nicht. Er lügt.

Beide lügen, immer lügen beide, dachte Kirsten. Wie sie es hasste, dass diese Kinder, seit sie aus dem Bauch waren, einander beschuldigten. Bereits bei der Geburt ging der Streit los. Da hatte sich Toras Nabelschnur um Tims Hals gelegt.

Moritz hatte gesagt, die ist ja krass drauf.

Der Kaiserschnitt rettete allen das Leben.

Kirsten, freu dich, die beiden sind wohlauf, gesund, alles dran, Gott, sind das süße Kerlchen. Moritz spulte das ganze Frischgeborenerpapagedusel ab. Er flutete den Kreißsaal mit seiner bekloppten Begeisterung, wie ein Backofen, dessen Tür einem beim Öffnen die Hitze ins Gesicht schleudert. Kirsten war benommen gewesen und von keinen Gefühlen berührt. Fern von allem. Sie sah Moritz und zwei kleine Menschen und hörte Stimmen und spürte, dass an ihrem Körper geruckelt und gezupft wurde.

Die Naht, gleich haben wir's.

Auf dem ersten Foto, die Kinder noch verschmiert, auf ihrer Brust liegend, hinter ihr Moritz flächig lachend, Kirstens Blick ins Leere.

Sie kniete sich zu Tim, der kleiner war als Tora. Dünner. Verletzlicher. Fast wie die Nasenflügel von Moritz. Heulsuse hatte Moritz ihn genannt, als er mit seinem Likeabike in einen Gartenzaun gerast war und Rotz und Wasser geheult hatte.

Genderscheiß, hatte sie Moritz beschimpft. Tim kann weinen, so viel er will.

War doch nur ein Spruch, weil der plärrt doch wirklich bei jedem Luftzug.

Der hat halt mehr Angst, kann ich verstehen, er wurde gewürgt, als er ins Leben schlüpfen wollte, da wäre ich auch unsicher.

Hör mal mit dem Geburtskram auf. Er lebt. Er soll sich nicht so anstellen.

Dann hob Moritz den Jungen wieder aufs Rad ohne Pedale, klapste auf den Helm, ab die Post, junger Mann, gib Gas. Moritz redete altmodisch mit Tim. Kirsten dachte an die Listen, die Moritz machte, wenn er Texte schreiben musste. Für Shampoo. Für Werkzeuge. Für Immobilien. Jedes Produkt hat seine eigene Sprache, hatte er ihr erklärt, das Wording ist die Seele einer Kampagne.

Wörter von Moritz für Tim: Heulsuse, plärren, gib Gas, junger Mann, ab die Post.

Wörter von Kirsten für Tim: zu zu zu. Zu klein, zu viel, zu schwach.

Sie gab Tora ein Zeichen, komm her, schon gut, sie setzte sich auf den Küchenstuhl, nahm die Kinder auf den Schoß, pro

Bein ein Kind, hielt beide umschlungen, ihre Arme um die dünnen Körper gelegt, das Zucken, das Schluchzen wurde weniger. Sie legte ihr Kinn auf Toras Kopf, streichelte Tims Arm, wiegte sich sachte hin und her und wusste plötzlich nicht mehr, wer hier wen tröstete.

Kirsten trocknete ihre Tränen auf Tims Kopf.

Die Kirchenuhr schlug zwei Mal. Viel zu spät dran, wie jeden Morgen. Kinder anziehen, Pausenbrote einpacken, Signalband über den Kopf, und dann raus mit ihnen. Um acht hätten sie im Tatzelwurm sein müssen, grad gegenüber. Die Genossenschaftswohnung hatten sie nur deshalb genommen, damit die Kinder allein in die Kita konnten. Weil das für ihre Entwicklung wichtig sei und sie freier sein würden. Selbstständiger. Fitter für dieses Leben. Die Wohnung belanglos. Solide. Vier Zimmer, kleiner Balkon. In der Küche roter Klinkerboden. Das Bad lindgrün gefliest.

Moritz sagte, hier kann ich nie jemanden aus der Agentur einladen.

Der Morgen.

Der Abend.

Dazwischen möglichst nicht stolpern.

Sie hörte, wie vier Füße durchs Treppenhaus hinunterrannten, lehnte im Pyjama am Geländer, sah zwei Hände treppab schleifen, immer kleiner werden. Fünf Etagen bis zum Boden. Fünf mal zwei Meter vierzig. Mindestens. Plus die Böden dazwischen. Vom Balkon hinunter auf den asphaltierten Vorplatz bestimmt fünfzehn Meter. Alles in allem. Eine Höhe, die man mit Glück nicht überleben würde. Mit Pech querschnittgelähmt.

Dann war es still.

Kirsten ging zurück in die Wohnung, drehte sich nochmals um, sie spürte den Blick. Ein Auge hinter dem Spion.

Sie schloss die Tür, ging ins Bad und putzte sich die Zähne. Sie hatte fünfunddreißig Minuten Zeit. Für sich. Bevor sie ins Museum fahren und Schulkindern von Farben erzählen würde, von Farben, die sich nicht mochten und darum so gut zusammenpassten.

Orange und Grün.

Gelb und Violett.

Kirsten und Moritz.

Sie würde ihnen Töpfe geben, Pinsel dazu, und ihnen Bilder von Kirchner zeigen und von Chagall, und sie sollten Farben suchen, die Freunde, und solche, die Feinde waren. Sie würde auf den Augenblick warten, wenn die Kinder verstummten, weil die Farbe auf dem Weg vom Topf zum Pinsel, durch die Luft zum Papier keine Geräusche duldete.

Malen sorgte für Stille.

Sie spuckte den Schaum ins Becken, leicht blutig, der Vierer oben rechts wie immer, das Zahnfleisch wund, vom Knirschen, vom Zucker, vom Schrubben mit der Bürste. Dringend einen Termin ausmachen. Auch für die Kinder. Lidstrich, Wimperntusche, Wangen zwicken statt Rouge.

Das Frühstück stand noch auf dem Tisch. Das Müsli an den Rändern eingetrocknet, seine Kaffeetasse, seine Schale. Sie nahm das Geschirr, schabte die Reste in den Müll, konnte Müsli nicht mehr sehen, konnte es noch nie leiden, machte es, weil es alle machten und im Kinderturnen Tipps für die beste Mischung ausgetauscht worden waren. Schrot. Klein gehackte, getrocknete Hagebutten. Leinsamen. Nicht zu viel. Wegen der Verstopfung. Datteln matschen. Getreide gemahlen, selbst natürlich. Das sei man den Kindern schuldig. Das sei so archaisch, die Mühle auf dem Tisch. Werte, die man essen könne, haben die Eltern gesagt und alle so gesund geguckt. Moritz hatte ihr die Mühle zu Weihnachten geschenkt, dabei hatten sie abgemacht, dass sie einander nichts schenken würden. Also nur den Kindern. Sie hatten abgemacht, dass sie einander nichts schenken würden, weil sie nicht gewusst hätten, was. In den vier Jahren seit sie Eltern waren, waren die Wünsche auf der Strecke geblieben.

Als Kirstens Mutter am Telefon nach der Geburt der Zwillinge wissen wollte, ob sie ihr eine Freude machen könne, musste sie sich zusammenreißen, um nicht in Tränen auszubrechen und besinnungslos zu schluchzen, wie ihre Kinder bei jeder Gelegenheit. Die beiden konnten heulen, wann sie wollten, aber eine Mutter durfte nicht weinen. Schon gar nicht, wenn sie zwei so umwerfend süße Kinder hatte, die nur Freude machten, das größte Glück waren, auch für all die

Großeltern, die zwar weit weg wohnten, aber jederzeit kommen würden. Wenn sie Zeit hätten.

Hatten sie nie.

Sie hatten das größte Glück, Großeltern zu sein und nichts dafür tun zu müssen. Außer eben mal eine Freude ankündigen. Wir schenken euch ein Wochenende in einem Wellnesshotel für Familien, da kann man sogar Babys abgeben, sagte die Mutter am Handy. Ich schicke dir mal einen Link, die Tochter von den Zachers fährt dort immer hin.

Wenn man Babys abgeben konnte, konnte man sie auch einfach dort lassen.

Kirsten erschrak. Ich bin keine Mutter. Ich habe einfach Kinder.

Sie zog sich an, das übergroße weiße Hemd, die sperrigen Jeans, die harten Stiefel, in denen ihr viel zu warm war bei diesem Wetter. Sie mochte Kleider, die sie größer machten und in denen sie sich verstecken konnte.

Moritz meinte, schade, dann kann ich nur davon träumen, wie du drunter aussiehst.

Mager halt und Brüste wie ein Teenager, aus denen keine Milch kam, jedenfalls nicht genügend für die zwei Racker, die sie wund gesaugt hatten.

Die Hebamme hatte mit den Schultern gezuckt, es sei wirklich nicht anders zu machen. Sie müsse Flaschenmilch geben. Aber die sei mittlerweile sehr viel besser, sehr ausgereift, sehr weit entwickelt. Sie solle sich kein schlechtes Gewissen machen. Stillen sei ein Geschenk. Keine Leistung. Und Muttermilch von Großkonzernen sei auch ein Geschenk. Sie solle es annehmen und sich entspannen.

Kirsten, du brauchst Schlaf. Leg dich hin, sobald die Kinder schlafen. Hatte die Hebamme gesagt und sie allein gelassen, mit zwei Babys, deren Hände durch die Luft fuhren, als würden sie nach etwas suchen, und die nur schlafen konnten, wenn sie gestreichelt wurden. Die ersten zwei Jahre war Kirsten müde gewesen. Abgrundtief. Aufwachen war schmerzhaft.

Sie stellten nach zwei Wochen auf Nestlé-Milch um. Kirsten hatte als junge Frau mal Farbbeutel an die makellose Fassade des Firmensitzes direkt am See geworfen und war nicht erwischt worden, nicht wie ihre Clique, die verladen und vor Lachen einfach stehen geblieben war, sich auf den Boden gelegt hatte und sich wegtragen ließ von den Sicherheitsmännern. Sie bekamen alle eine Vorstrafe wegen Sachbeschädigung und Hausfriedensbruch.

Bis auf Kirsten.

Die war weg. Gerannt, bis sie kotzen musste. Sie hatte noch nie so Angst gehabt, hatte gebebt und nicht bemerkt, dass sie allein war. Niemand, der sich neben ihr auf die Knie gestützt hatte und japste, Mann, das war knapp, Mann, wie du rennen kannst, Mann, du bist spitze.

Wenige Tage später bekam sie Post.

Feige.

Das stand auf einer Karte, die unterzeichnet war von allen.

Feige.

Auch Valentin hatte seinen Namen draufgeschrieben. Mit Punkt. *Valentin.*

Sie nahm den Lippenstift. Stoppzeichenrot. Küsste kurz das Kleenex, der Abdruck ihrer Lippen auf dem Tuch, warf es in den Abfall. Sie nahm den Lippenstift, fuhr nochmals damit über ihren weichen Mund. Küsste den Spiegel. Ihre Tasche im Gang am Boden, der Trenchcoat mit den umgekrempelten Ärmeln, sie machte das Licht aus und nahm einen zweiten Schlüssel aus der großen Schale im Regal, in der sich Sonnenbrillen, alte Batterien, Haargummis, Schneckenhäuser trafen. Jeder Gegenstand forderte nach einer Entscheidung. Aufheben, wegwerfen, liebhaben, hassen.

Entscheiden war zu viel.

Kirsten musste sich setzen, ließ sich auf den Boden gleiten, legte sich hin, die Arme weit von sich gestreckt. Die Müdigkeit erdrückte sie, wie ein Nudelholz. Das Gegenteil von Wegrennen. Schlaf ohne Grund. Die Kirchenuhr vier Mal, dann neun Mal. Dröhnender Hinweis darauf, dass die Zeit knapp wurde. Sie hob ihre Arme, sah ihre Hände an, die roten Nägel, die noch nach dem Lack rochen, gestern Abend hatte sie sie lackiert mit Cherry Summer, und Moritz hatte gespottet, ob sie ein Date habe.

Date, fuck Date. Sie hatte ein Rendezvous in einem Hotel mit einem Mann, mit dem sie immer hatte schlafen wollen. Seit sie ihn kannte. Sie hatte Moritz die roten Fingernägel gezeigt und gesagt, dass könnte auch Blut sein, nicht wahr. So, als hätte jemand mit einem Hammer draufgeschlagen.

Sie hatte sich aufs Sofa gesetzt und gesagt, ich kann jetzt nichts mehr machen, bis der Lack trocken ist. Ihre Hände hatte sie auf die Knie gelegt, und als die Kinder angerannt kamen, hatte sie sie weggewunken, wie lästige Tauben. Husch, husch.

Mama muss trocknen.

Moritz machte in der Küche viel Krach beim Abwaschen. Extra viel Krach.

Sie sah ihre Hände, die Decke des Gangs dahinter mit der fünfarmigen Lampe, vintage, Anfang Fünfzigerjahre. Hellgrün und Messing. Passte gut zu Cherry Summer. Sie spürte den harten Boden unter ihren Schulterblättern, unter ihrem Schädel, unter ihren Sitzhöckern, unter ihren Fersen.

Sie lag auf dem Boden im Gang ihrer Wohnung, in der sie lebte, und hätte durchaus auch grad ganz einschlafen können. Hier und tot.

Etwas, das sie immer gerne gemacht hatte, sich den eigenen Tod vorstellen. Sie sah sich von oben auf dem Boden und befand, das wäre ein würdiges Schlussbild ihrer selbst. Einfach beim Entdecken ihrer Leiche wurde ihr unwohl. Nicht die Kinder, nein, bloß nicht. Moritz. Ja. Er würde wahrscheinlich über sie stolpern und erst mal in der Küche den Kühlschrank öffnen und rufen, auch ein Tonic?

Ob Moritz weinen würde? Richtig laut, schluchzen, mit einer Nase, aus der es tropfen würde, und roten, kleinen Augen, durchgeschüttelt, als wäre er von Sinnen? Sie mochte ihn, wenn sie ihn sich so ausmalte. Schlotternd. Ganz anders als im Leben. Da war er immer stark und ruhig und präzise und fordernd. Einen Schritt voraus. Setz dich auf mich. Komm ins Bad. Lass die Kinder in Ruhe, die sterben nicht, bloß weil sie weinen. Was wusste er schon vom Weinen?

Ihre Hände tanzten über ihrem Gesicht. Das mit dem Sterben ist noch zu früh. Vielleicht beim nächsten Mal. Bis dahin aufstehen, weiterleben, so tun, als ob alles perfekt wäre. Ein Leben mit zwei Kindern, einer Wohnung mitten in einer Stadt, in der mit Blicken getötet wurde für Wohnungen mit Balkon und Kita um die Ecke. Sie sah aus wie alle berufstätigen Mutterfrauengeliebten, braunblonde Durcheinanderhaare mit kurzem, glattem Pony. Den trugen die, die was mit Kunst und Kindern machten. Damit der Pony glatt war, presste sie ihn morgens mit einem heißen Eisen flach. Hatte sich dabei schon oft die Stirn verbrannt. Rote Linien, schmerzhafte Feuermale.

Warnsignale einer Angepassten.

Sie hatte ihre Stelle im Museum behalten können, auch als sie die Kinder bekommen hatte. Zum Glück bist du nicht mehr bei den Bekloppten, hatte ihre Mutter Jahre vorher zu ihrem Stellenwechsel gesagt. Das ist doch kein Umfeld für eine junge Frau wie dich.

Kirsten war von der Klapse zu den Kunstwerken gezogen, umzingelt von wertvollen, anerkannten, weltberühmten Gemälden, die von längst gestorbenen Irren gemalt worden waren, von Irren, die sich ihre Seele nicht von der Angst und den Zwängen hatten zertrümmern lassen. Nicht so wie jene in der Klinik, die Stimmen hörten und sich die Haut ritzten und schrill lachten und ihre Köpfe kreisen ließen und Dinge sahen, die niemand sonst sehen konnte, die bei ihr in der Werkstatt wütend Farbe auf Leinwände klatschten, so wie sie damals mit der Clique Farbbeutel an die Wand. Kirsten liebte es, mit den Bescheuerten zu malen. Sie liebte ihre Wucht. Sie nannte sie Deppen, wir sind doch alles Deppen, und das ging. Wenn es Kirsten sagte, war es irgendwie okay, denn die anderen spürten, dass sie nicht weit weg war von ihnen. Immer auf der Kippe. Zu den Deppen.

Seit sie mit Moritz zusammen war, hatte sich ihr wackliges Innenleben verkrochen wie eine Katze bei Gewitter hinterm Sofa. Sie nannte Moritz meine Leitplanke, er fand das zu hölzern.

Und was bin ich für dich, fragte Kirsten ihn?
Mein Löwenzahn im Wind.

Kirsten war in Tränen ausgebrochen, Moritz hatte sie an sich gepresst, in ihre Haare geatmet, pscht, alles gut, keine Angst. Der Wind wird dich nicht wegblasen. Ich pass auf. Er hatte sie völlig unpassend getröstet. Denn sie hatte vor Freude geweint. Löwenzahnblüte, federleicht und glänzend in der Sonne mit einem Schirm aus hellen Strahlen, davonfliegen, wohin auch immer, und nicht landen.

Seit Moritz führte sie dieses wunderbare Leben ohne sichtbare Makel. Ohne Sinn.

Das war das Erschreckendste. Nicht mal die Zwillinge hatten ihr einen Sinn geschenkt. Darauf hatte sie gehofft. Wieder nichts. Die beiden waren aus ihr hinausgeschnitten worden, sicher war sicher. Zwillinge hinauspressen sei zu riskant, hatte der Arzt gesagt. Sie hatte sich vorher bei einer Hebammenpraxis erkundigt, wie das sei, Zwillinge zu gebären. Zwillinge seien keine Krankheit, der Körper einer Frau sei stark. Aber sie könne sie nicht hier bei ihnen im Geburtshaus bekommen, sie müsse so oder so ins Krankenhaus, für den Fall der Fälle. Es komme auch darauf an, wie motiviert sie sei, spontan zu gebären. Aber klar, sie könne das, sie müsse sich wahrscheinlich ziemlich durchsetzen, denn die Ärzte machten lieber Kaiserschnitt. Sicher sei sicher. Aber wenn sie Angst habe, dann solle sie das zulassen, es sei keine Schande.

Sie hatte Moritz davon erzählt, an einem Abend in der kleinen Küche ihrer alten Wohnung. Der Tisch übervoll mit Sachen. Sie mochte es, dass sie Dinge verschieben musste, um eine Tasse Rooibos abzustellen, vorsichtig, damit nichts am anderen Ende der Fläche zu Boden fiel. Er nervte sich über all den Plunder. Den Schüttelbecher mit dem Nikolaus, der im Sommer noch dort stand, der Avocadokern mit Zahnstochern, der drei Blätter hervorquetschte, die Skizzenbücher von Moleskin, die sie überallhin mitschleppte und in die sie hineinzeichnete und notierte. Die kleinen schwarzen Bücher mit den zarten Blättern gaben ihr das Gefühl, kreativ und nicht allein zu sein.

Sie erzählte Moritz von den Hebammen, und als sie ihm sagte, dass sie motiviert sein müsse, um die Kinder aus sich hinauszupressen, sagte er, ich will, dass du unsere Kinder ohne Risiko zur Welt bringst.

Die Leitplanke.

Sie nickte und fand das plausibel. Zudem spürte sie, dass sie alles andere als motiviert war. Sie empfand ihren Bauch wie eine misslungene Verkleidung. Leiden wollte sie dafür nicht auch noch.

Also Kaiserschnitt mit Termin und Champagner am Bett. Moritz ließ sie upgraden für die Geburt. First Class für meine First Lady. Klang so, als hätte er noch two, three, four, five andere.

Ihre Eltern hatten für die Winzlinge kleine Goldbarren mit eingravierten Namen geschickt. Wie praktisch, dass ihr schon wisst, wie die beiden heißen werden, hatten sie gesagt, als Kirstens Bauch noch flach und die Zwillinge klein wie Nacktschnecken waren. Und dass ihr auch schon das Datum kennt. Top! Das nennt man Planung. Kommen konnten sie nicht, sie hatten schon lange eine Kreuzfahrt gebucht, genau dann. Frischgeborene seien sowieso kein schöner Anblick, hatte ihre Mutter am Telefon gesagt, wenn wir euch in vier Wochen besuchen, sind sie hübscher. Ach, und Gratulation, jetzt bist du also auch Mutter, seltsam.

Kirstens Freundin Selina, die bereits drei Kinder hatte und sich uferlos freute, dass Kirsten endlich auch in der Hölle angekommen war, still nicht zu lange, dann können wir wieder saufen, Selina hatte ihr gesagt, ich weiß immer noch nicht, was das Leben soll, dabei verschenke ich es dauernd. Es kommt einfach kein Gefühl auf, ich mach weiter, bis ich merke, dass es richtig ist, Kinder zu haben. Und Ralf findet das gut, vier möchte er, hatte Selina gesagt, und Kirsten, die nicht mal unbedingt eines hätte haben müssen, bekam also zwei und hatte nur Angst. Zu versagen, es nicht zu schaffen, nicht genug Liebe zu haben. Selina sagte, jede Mutter liebt ihre Kinder. Das kommt automatisch. Mach dir keine Sorgen.

Kirsten wusste, dass es schiefgehen würde.

Das mit der Liebe.

MELONENKOPF

Barbara hörte kein Tropfen mehr. Nahm den Topf aus dem Eisfach, goss das lauwarme Wasser ins Becken. Sie holte ein frisches, gebügeltes Geschirrtuch und trocknete alles Nass weg. Der Kühlschrank blitzte. Man sah ihm sein Alter nicht mehr an. Barbara sprühte nochmals Frischduft hinein, Zitrone, auf der Flasche abgebildete hellgelbe Früchte, weiße Sterne und schimmernde Kacheln.

Barbara flüsterte, Ernst. Vielleicht, um sicher zu sein. Vielleicht zur Probe. Vielleicht, weil sie seinen Namen schon lange nicht mehr ausgesprochen hatte. Vielleicht zum letzten Mal.

Sie machte sich Frühstück, ging zum Küchentisch, die Plastikdecke mit den blau-weißen Ornamenten, die so tat, als wäre sie aus Keramik, und der Tisch mit der Schublade, in der alles lag, was wichtig war. Schere, bunte Gummiringe, ein Rest grauer Schnur, säuberlich zu einer Acht gedreht, Reißzwecken, ein karierter Block, ausgeschnittene Rabattcoupons für Bier, Shampoo, Butterkekse. Das abgewetzte Portemonnaie mit Goldverschluss. Sie hatte es sich gekauft, als Haushaltsportemonnaie, damals, als Ernst und sie den Tisch in diese Wohnung trugen und lachten, weil die Schublade rausrutschte, weil Barbara den Tisch zu schräg hielt.

Pass auf!

Das weiß man doch, Barbarabarbara!

Du bist aber auch!

Ernst mochte es, wenn sie Fehler machte. Wenn die Schublade fast ganz rausgerutscht wäre und womöglich einen Riss bekommen hätte, dann hätte er sie richtig schimpfen können, das mochte er noch mehr.

Doch die Schublade war nicht kaputtgegangen, sie hatte sich brav zurückschieben lassen. Sie war das Daheim für Bleistifte, Kugelschreiber, zusammengefaltete Papiertüten vom Bäcker Maier, die Barbara wiederverwenden würde, einen Taschenrechner, solar, der nie die Sonne zu sehen bekam und nun rechnen sollte, was Barbara rechnen musste. Die Rente vom Ernst minus Miete, Strom, Krankenkasse, Fernsehgebühren, Steuern, das Abo für den *Schrebergärtner,* das Abo für die *Wandervögel.* Die Rente vom Ernst minus alles, was notwendig war, um so zu leben wie immer und dabei nicht aufzufallen.

Barbara saß am Tisch mitten in der Küche, drei Stühle drum herum, sie saß auf dem, der nah am Waschbecken stand, mit dem Rücken zur Tür.

Ernst hatte den Platz mit Ausblick.

Sie hatte den mit Aufgaben.

Seit bald vierzig Jahren.

Sie wischte mit der Hand über die Tischdecke aus Plastik, als wären noch Brotkrumen drauf, als wäre noch etwas zu sehen vom gemeinsamen, schweigsamen Essen, sie rieb die Handflächen aneinander, um die Krumen, auch jene, die nicht vorhanden waren, loszuwerden, dann griff sie nach ihrer Tasse und trank ihren Kaffee mit warmer Milch und zwei Stück Würfelzucker. Bevor die Tasse ihre Lippen berührte, spürte sie die Wärme in den Fingern und am Kinn, sie schnupperte den Duft in die Nase. Nur riechen. Ihre gedankenfreie Zeit. Mit geschlossenen Augen nahm sie den ersten Schluck.

Allein an diesem Tisch. An dem sie ihr halbes Leben lang Essen zubereitet hatte, Gemüse geschnitten, Marmelade gekocht, Gurken in Essigwasser, Zwiebeln, Senfkörnern, Meerrettich, Dill und Honig eingelegt. Abgefüllt in grüne Gläser, die im Regal standen, fein säuberlich nach Jahreszahlen sortiert und von Hand beschriftet. Einmachen brachte Ordnung in die Ernte. Wenn sie kochte, hatte sie ihre Ruhe, wenn sie aßen, hörte sie sein Kauen. Sie redeten nicht beim Essen. Nur danach, vor allem nach Hackbraten. Der machte aus Ernst einen anderen. Da sagte der Ernst, wenn der Teller leer war, danke. Ich werd' noch so 'ne Kugel wie du.

Danach half er ihr beim Abwaschen. Das waren Augenblicke, an die sich Barbara immer erinnerte. Sie hatten zu tun, er tauchte seine Hände in den warmen Schaum, reichte ihr die tropfenden Teller mit dem schmalen Goldrand, sie fuhr mit dem Küchentuch in Kreisen über das warme Porzellan. Im Radio liefen Schlager, und einmal, ziemlich am Anfang, als die Tischdecke noch nach neu roch, da sang Michael Holm, und Ernst ließ das Geschirr im Wasser ertrinken und drehte sich zu Barbara, nahm ihr das Geschirrtuch ab, legte den rechten Arm auf ihre Hüfte, hob mit der linken Hand ihre Rechte und schob sie Schritt für Schritt um den Küchentisch mit der Schublade.

Dreh dich einmal um, schau in ihr Gesicht,
und du wirst sehen, Tränen lügen nicht.

Sie spürte seinen Körper an ihrem, und diesmal passte er gut. Michael sang weiter, sie ließ sich drehen von Ernst.

Bei Tag und Nacht, mit ihr war alles schön.
Die Tür steht auf, wirst du wirklich gehen?

Sie spürte den Schwindel, Ernst tanzend mit ihr im Uhrzeigersinn, um den Küchentisch.

Ein verlorenes Herz bleibt für immer leer.

An solche Augenblicke klammerte sich Barbara wie ein Kind an den Lenker bei den ersten Runden mit dem Fahrrad ohne Stützräder. Nicht loslassen, sonst verlierst du die Balance.

Sie hatte nie Radfahren gelernt. Das Dorf, in dem sie aufgewachsen war, lag schräg in der Landschaft. Immer ging es bergauf, meistens bergab. Und später, als sie wegen Ernst zu Ernst in die Stadt gezogen war, waren die Straßen voll mit unüberlegter Bewegung. Geh du mal besser zu Fuß, hatte er ihr gesagt, hatte sich auf sein Rad geschwungen und war mit der Ledermappe auf dem Gepäckträger in die Verwaltung der Siedlung gefahren, um für die günstigen Wohnungen die richtigen Mieter zu finden. Einige bekamen ihre Wohnung auch, weil sie grad günstigerweise Bargeld dabeihatten, während sie ihr Bewerbungsformular ausfüllten und Ernst sagte, es gebe eine lange Warteliste, sind halt sehr begehrt, die Geno-Wohnungen. Aber er könne da schon ein Wörtchen für sie einlegen in der Kommission, nicht dass er es versprechen könne, aber versuchen, das würde er. Und meistens lagen dann im säuberlich zusammengefalteten Formular Scheine der Hoffnung auf günstige vier Zimmer mit Balkon und gemeinsamer Waschküche im Keller. Einmal brachte er einen Strauß roter Rosen nach Hause, erzählte vom Zusatzverdienst, den sie gut brauchen konnten. Für den neuen Farbfernseher.

Oder für ein Kinderbett, dachte Barbara. Wär' ja noch möglich.

Sie legte sich ins Ehebett, und er legte sich auf sie drauf. Sein Gewicht, seine Haut, seine Oberarme, die durch das Abstützen sehnig und muskulös aussahen, gefielen ihr. Den Rest blendete sie aus. Sie konnte sich aus ihrem Körper winden, nichts empfinden, ihr eigener Leib war ihr fremd. Das war praktisch. Sie litt nicht.

Sie blutete immer noch wie früher alle achtundzwanzig Tage.

Dann war Pause. Kein Blut. Ein Test. Ein Kind.

Du wirst Vater, hatte sie zu Ernst gesagt.

Er sah sie an. Und woher weiß ich, dass ich es bin?

Weil ich nur dich.

Weiß ich doch, Barbara. Ein Baby. Wann kommt es? Im Sommer? Da bin ich aber viel im Garten.

Freust du dich?

Er nickte. Na, dann stoßen wir jetzt mal an, Muttchen.

Sie achtete etwas mehr aufs Essen, sie wollte, dass man ihren Bauch anders sehen würde, merken würde, dass da ein Baby drin wohnte. Kein Fett, ein Kind. Es war nicht einfach, denn der Barbarabauch war so groß, dass nichts zu sehen war vom Resultat der Zellteilung der Urzelle, die aus Ei und Samen entstanden war. Aber sie spürte, dass ihr Körper anders war als sonst. Näher bei ihr. Er schrie, ich bin müde! Leg dich hin! Ich hab Hunger! Iss! Schlaf! Kotz! Ich kann Ernst nicht mehr riechen!

Der Körper beherrschte sie.

Das wird ein Brummer, sagte Ernst, bestimmt ein Junge. Als er Barbara im Nachthemd sah, das überall spannte. Als sie sagte, sie wolle im Wohnzimmer schlafen, meinte er, kommt nicht infrage. Du bleibst im Schlafzimmer, sonst kann ich nicht mehr Fernsehen gucken, wann ich will.

Drei Monate hatte Barbara das Ehebett für sich allein und ihren schreienden Körper und das zappelnde Baby hinter ihrem Nabel. Es trat sie manchmal so heftig, so zornig, dass sie erschrak. Sie kreiste unsicher mit den Händen über ihren Bauch, der unter dem Nachthemd lag, eine Berührung, die ihr fremd war. Nur beim Duschen oder wenn sie Salbe auf ihre trockenen Hände strich, fühlte sie sich selbst. An die Ferne zur Haut hatte sie sich gut gewöhnt.

Sie klopfte vorsichtig mit den Fingerspitzen auf ihren

prallen Bauch. Sie machte kleine Kreise, als würde eine Prinzessin eiskunstlaufen und Pirouetten drehen. Sie sang leise *Guten Abend, gut' Nacht, mit Rosen bedacht, mit* Näglein besteckt, *schlupf unter die Deck'*.

Das Baby unter ihrer Bauchdecke beruhigte sich. Es schlief.

An einem Sonntagmorgen klopfte es an der Tür, Ernst kam herein. Mit einem Tablett. Mit einem gekochten Ei und frischen Semmeln. Er setzte sich zu Barbara ans Bett. Alles Gute zum Hochzeitstag. Sie stemmte sich mühsam hoch, drückte das Kissen im Rücken zurecht. Sie spürte, wie schwer sie geworden war. Sie sah auch, dass er es sah. Aber er sagte nichts.

Er gab ihr einen Kuss. Sie hielt die Luft an, wollte nicht, dass er ihren Atem aus der Nacht riechen konnte. Er goss ihr Kaffee ein. Reichte ihr die Tasse.

Es war schön. Wie noch nie.

Darf ich?, fragte er. Sie nickte. Er legte seine schwere Hand auf ihren Bauch. Unsicher irgendwie. Angenehm auch.

Barbara sagte, ich freue mich, und du wirst ein guter Vater.

Ernst sagte, ich freue mich auch, und ich werde ein guter Vater, das ist ja wohl klar. Und du auch eine Mutter. Ein gute.

Sie lachten. Sie redeten über Namen.

Barbara sagte, komm, leg dich neben mich, Ernst kroch mit Kleidern ins Bett. Sie sammelten Marcos und Manuelas und Thomasse, der dann ein Tommi werden würde.

Oder eine Tatjana?

Das kann doch keiner schreiben. Ein Alexander. Eine Alexandra. Das geht für beides. Alex Schuster. Passt.

Sie lachten und lachten und lachten.

Und das Baby blieb ganz ruhig. Es war diese Heiterkeit außerhalb der Bauchdecke nicht gewohnt.

Der Termin beim Arzt zur Kontrolle wenige Wochen vor der Geburt war frühmorgens. Mit nüchternem Magen, Frau Schuster. Ernst gab ihr einen Kuss auf die Wange und fuhr mit dem Fahrrad ins Büro.

Sie zog sich die neue Bluse mit den Perlmuttknöpfen an, tupfte Lipgloss auf ihre Lippen, ein bisschen Parfum hinter die Ohrläppchen und noch einen Tropfen unter die Bluse auf den Bauchnabel.

Sie musterte sich im Spiegel. Es war, als wäre eine verschollene Freundin zurückgekehrt. Sie dachte ans Fräulein Bodmer, die heute bestimmt anders hieß und längst Kinder hatte.

Sie dachte an ihre Mutter, die bestimmt eine schöne Schwangere gewesen war. Es gab kein Foto von ihr mit Bauch. Und auch keines von Barbara mit Baby im Bauch.

Ernst hatte gesagt, das Foto machen wir, wenn das Zwergerl draußen ist. Barbara dachte, das Foto machen wir heute mit der neuen Bluse und weil ich ein Bild möchte von mir als Schwangerer.

Sie sah sich an und gefiel sich. Ihr gefiel auch der Ernst. Der nicht mehr so laut war. Der sich die Hände wusch, wenn er aus dem Büro oder aus dem Garten oder aus der Palmen-Bar kam. In der Palme war er nicht mehr so oft. Er brachte viel frisch geerntetes Gemüse heim, Salate, Zucchini, Fenchel, rote Bete. Viel zu viel von allem.

Aber gesund, sagte Ernst. Für meine kleine Familie. Er hatte Barbara seine geheime Kasse gezeigt, eine Schraubenschachtel ohne Schrauben im Putzschrank. Zuunterst. 3200. Alles Scheine, sorgfältig zusammengefaltet. Für den Fall der Fälle. Barbara.

Sie tat so, als wäre sie überrascht. So viel Geld.

Alles schwarz.

Du Schlingel. Wolltest wohl was haben, um durchzubrennen.

Na, es war ja nicht immer einfach mit dir, sagte er. Aber jetzt ist der Fall klar. Jetzt sind wir eine Familie.

Zum Arzt kam Ernst nicht mit, Frauensache sei das, hatte er gesagt. Barbara nahm ihre Handtasche mit dem Mutterpass, schloss die Tür und ließ den Bus vorbeifahren. Sie ging zu Fuß. Jetzt konnte wirklich jeder sehen, dass sie schwanger war. Niemand sagte etwas. Auf dem Land im Dorf, da hätten jetzt alle guten Tag gesagt und alles Gute gewünscht und gefragt, wann ist es denn so weit?

Das wird ein Mädchen, bestimmt, hätten die einen behauptet, die anderen hätten gesagt, eindeutig ein Junge, der spitze Bauch. Wir haben noch einen Laufstall im Keller, wenn Sie den möchten. Und wissen Sie schon, wie es denn heißen soll, das Kleine?

Das sagen wir erst, wenn es da ist, hätte Barbara geantwortet und die Glückwünsche mitgenommen.

In der Stadt gab's keine Glückwünsche. Nur Gedränge. Im vollen Wartezimmer andere Frauen mit straffen Bäuchen, die einander beobachteten, während sie schweigend Frauenzeitschriften durchblätterten.

Kinder bekommen war Privatsache.

Frau Schuster? Der Arzt bat sie auf die Liege, das weiße, sterile Papier knisterte und verschob sich, als sie sich daraufhievte. Mit dem Maßband griff er um ihren Bauch und kam ihr dabei nah, sie musste ihr Becken heben, damit er das Band unter ihr durchführen konnte, sein Atem sank in ihren Ausschnitt, sie sah seine dünnen Haare am Scheitel, die Haut darunter fahl. Sie sah die Deckenlampe, eine Röhre in einer Art Metallschachtel, sie stellte sich vor, wie die Schachtel von der Decke auf den Schädel krachen und ihn spalten würde. Der Herr Doktor hatte das Maßband um sie herumgeschlungen und sagte, der Bauch sei größer als gut, er sah sie ernst an. Er hatte rote Flecken am Hals. Er zog das Band unter ihr heraus, es fühlte sich an wie eine Eidechse, die kalt und rutschig an ihr vorbeischlingerte. Er maß ihren Puls, stellte sie auf die Waage, guckte streng. Sie musste sich wieder hinlegen, er nahm das Hörrohr, entblößte ihren Bauch, er schob das Rohr nach links, nach rechts, wie ein Fernrohr, das nach einem wilden Tier suchte und nichts finden konnte.

Er griff zum Telefonhörer. Ein Notfall. Sofort.

Da ist nichts. Sagte er zu ihr. Da ist kein Ton mehr.

Am nächsten Tag kam Ernst ins Krankenhaus und brachte Rosen. Seine Stimme war brüchig. Es war ein krankes Kind, der Kopf so groß wie eine Melone. Ist besser so. Und du lässt dich jetzt hier verwöhnen, und dann kommst du wieder heim. Es war ein Junge. Unser Alex.

Sie hatte kein Foto von sich in der neuen Bluse mit ihrem schönen, großen Bauch.

Barbara nickte, ein Melonenkopfkind, wer will das schon? Wie es ausgesehen hatte, wusste sie nicht. Sie hatte es nicht zu sehen bekommen. Die Narkose, der Kaiserschnitt, die Hektik. Den Ernst hatten sie gefragt im Krankenhaus, ob sie es an der Universität für die Studenten und die Forschung haben dürften. Er hatte genickt.

Der Chefarzt hatte gesagt, das sei Dienst an der Menschheit, so nütze es wenigstens noch was. Ernst verschluckte die Wörter, Barbara sah ihn an, sie blinzelte nicht. Ihre Augen tränenleer.

Ich habe unseren Sohn kurz gesehen. Er hatte schwarze Haare. Wie ich.

Wie du, Ernst.

Er erzählte nicht, wie das Kind in einem Wägelchen aus Glas wie Schneewittchen davongefahren wurde und Ernst alleine im Gang stand und es nicht mal berühren konnte zum Abschied, das Zwergerl. Er wollte sie schonen. Und er wollte nicht weinen. Denn es wäre viel salziges Wasser gekommen. Bei ihm und bei ihr.

Gell, Barbara, das siehst du auch so. Jetzt musst du zu Kräften kommen. Das wird schon.

Das dritte Zimmer in der Wohnung, das Zimmer fürs Kinderbettchen, blieb, was es vorher gewesen war. Ein Zimmer mit Bügelbrett, einem Regal mit Puppen und Stofftieren. Wenn Ernst im Schrebergarten die Gurken erntete und türkise Körner in die Erde rieseln ließ, damit die Schnecken zu Schleim wurden, saß Barbara im Zimmer von Alexander, bei ihren Puppen, fuhr über deren Haare, zupfte an den Rüschenkleidern, die traurigen Augen der kleinen Persönchen, sie presste die Körperchen an sich und wiegte sich hin und her.

Immerhinundher.

Das verlorene Kind wurde totgeschwiegen. Im Schrebergarten nur ein Wort, Beileid. Im Haus flüchtige Blicke. Die Nachbarinnen hatten es immer eilig. Die Wäsche in der Maschine. Der Kuchen im Ofen. Das Wetter, um Fenster zu putzen. Barbara horchte jedes Mal an der Haustür, bevor sie aus der Wohnung trat. Wenn weder Stimmen noch Schritte zu hören waren, wagte sie sich hinaus.

In dieser Zeit lernte sie das Huschen. Das Zubodenblicken. Das Unsichtbarwerden.

Sie lebten, als wäre sie nie schwanger gewesen. Dieses innere Ausradieren von Trauer. Ernst hatte das Kinderbett verkauft, bevor Barbara aus dem Krankenhaus zurückgekommen war. Der Schmerz war erträglicher, wenn er nicht erinnert wurde an etwas, das sie vielleicht sogar glücklich gemacht hätte. Barbara hatte ihre Körperregionen, in denen sie die Enttäuschungen zur Ruhe legen konnte. Wie sauber gebügelte Tischdecken mit Spitzenrändern, die zu wertvoll für den

Alltag waren und in einer Schachtel lagen. Blütenweiß, unberührt, ungelebt.

Sie wurde mehr und mehr. Das Essen nahm sie in den Arm. Ihr Körper wurde weicher, der Busen vereinte sich mit dem Bauch, die Unförmigkeit war Schutz vor den Blicken auf einen Bauch, der vielleicht doch noch mal mit Leben hätte gefüllt werden können.

Das große Bett wurde zum Ablageort für zwei Körper ohne Aufgabe. Barbara ging immer vor Ernst ins Bett, sie las alte Zeitschriften aus dem Kaffee in der Bäckerei, in der sie wieder zu arbeiten begonnen hatte. Hefte, deren Ecken hochgebogen waren von vielen mit Spucke befeuchteten Fingern und die von der Chefin ins Altpapier gelegt worden waren, der Stapel hinter der Tür in der Personalgarderobe. Dort nahm sich Barbara die Hefte, steckte sie in die Stofftasche, die sie immer dabeihatte, falls sie noch Einkäufe erledigen musste. Es kam ihr vor, als würde sie stehlen. Sie beeilte sich, die Magazine verschwinden zu lassen.

Wenn sie im Bett lag, die *Bunte*, die *Frau im Spiegel* und die *Bild der Frau* auf ihrer Brust ruhten und sie die Geschichten las von Stéphanie von Monaco und ihren unglücklichen Liebschaften, von Diana und neuen Tatsachen zu ihrem Unfalltod, träumte sie sich in deren Leben. Sie sah sich als Haushälterin, die Picknickkörbe für Prinz Charles füllte, ihre eingelegten Gurken würden süßsauer im Mund seiner Hoheit verschwinden. Sie war Köchin bei Udo Jürgens und beste Freundin von Gitte.

Bevor Ernst den Fernseher im Wohnzimmer ausstellte, löschte Barbara das Licht.

Er kam herein, kroch auf seiner Bettseite unter die Decke, das Bett wackelte dabei, er drehte sich auf seine linke Seite, den Rücken zu Barbara. Sie tat, als würde sie schlafen, er tat nicht nur so, er schlief.

So war das seit vielen Jahren.

Einschlafen ohne Worte.

Barbara musste mit der Arbeit in der Bäckerei aufhören. Ihre Hände bildeten bei Kontakt mit Mehl dicke Schuppen. Sie trug eine Weile lang Handschuhe, doch die Schuppen suchten sich den Weg ans Licht und wanderten über die Handgelenke zu den Ellbogen. Die Chefin sagte, es tue ihr leid, sie sei ja schon so lange hier. Sie müsse sich was anderes suchen. Vielleicht was ohne Teig und Lebensmittel.

Die Leute in der Siedlung zogen ein und aus, nur wenige erinnerten sich noch an dieses Paar, sie so dick, er so dünn, das Paar, das als Fasteltern fast ganz glücklich gewesen war. Was niemand mehr wusste.

Die neuen Leute vermehrten sich, ohne Grund oder Vorstellungen und ohne Ahnung, wie weh es tat, wenn kein Kind kam und keines blieb.

Barbara zog sich zurück.

Ernst zog Gemüse.

PANZER SPRENGEN

Sie konnte schnell sein. Vor allem, wenn Tomaten geflogen kamen. Sie stemmte ihren Körper auf knittrige O-Beine mit auswärts gedrehten Zehen und Krallen dran, auf denen sie balancierte und dem Rot entgegenstrebte. Maxi warf die Stückchen so weit weg wie möglich. Genau 150 Zentimeter breit und tief und lang. Singlewohnung mit Balkon. Blick auf Wohnblöcke und Hinterhofgaragendächer aus Blech, die an Regentagen sonderliche Töne von sich gaben.

Der Balkon auch nur für Singles, am besten für solche, die stehend oder an der Wand lehnend alleine am Abend rauchten und ins Nichts starrten. Ein Außenbereich, der an der Fassade klebte und für den die Verwaltung 200 pro Monat mehr Miete bekam als für Studios ohne Frischluftquadrate. Balkone waren begehrt.

Und für Agent Carter genau richtig.

Die Schildkröte schmatzte. Sie hatte nichts von der Eleganz ihrer Namensvetterin aus der Marvel-Serie. Maxi mochte dieses gierige Hinunterschlingen und Saftverspritzen. Sie warf das nächste Stück Tomate, Gewächshaus, im Angebot, mehr Wasser als Frucht, in die gegenüberliegende Ecke. Agent Carter wechselte die Richtung, erneuter Spurt, wie auf Stöckelschuhen, und dann schnell fressen. Zwischen Agent Carter und ihre Wohnung hatte sie eine kniehohe Sperrholzplatte gelehnt, auf die sie Palmen gemalt hatte, mit Acrylfarbe aus dem Baumarkt um die Ecke. Viele Grüntöne, Urwald, Heimat ihrer Schildkröte vielleicht vor zehntausend Generationen.

Sie hatte Agent Carter im Schaufenster gesehen und war hineingegangen in den Zooladen, in dem es nach ungeliebten Tieren und deren Angst in den Käfigen roch und es laut war vom Kreischen, Fiepsen und Rütteln am Gestänge.

Agent Carter war nur so groß wie eine Faust. Der Verkäufer sagte, sie dürfe nicht alleine leben, also die Schilki, das sei Tierschutz.

Sie lebt nicht allein, sie lebt mit mir, dachte Maxi.

So eine Schildkröte werde alt, die komme an ihre Beerdigung, hatte der Mann gesagt, während eine Heuschrecke an seinem Kittel hochgekrochen war. Der Mann hatte diese bemerkt, mit seinen Fingern gefangen und einem grünen Leguan ins Glashaus geworfen, dessen Zunge das Heuschreckenleben in seinem Mund verschwinden ließ und auslöschte. Der Zoohändler sagte, sie könne ja mal noch eine zweite holen, sollte sie schon. Er legte die Schildkröte in eine Kartonschachtel mit Löchern und Griff. Ihre kleinen Krallen schabten an der Pappe.

Seit vier Wochen lebte Maxi mit Agent Carter.

Seit vier Wochen kein Leben mehr mit Lothar.

Sie hatte ihn in kleinen Portionen verlassen, ohne dass er es bemerkt hatte, sie wollte ihn nicht verletzen. Sie konnte einfach nicht mehr bei ihm sein.

Sie hatte diese Singlewohnung gemietet, jeden Tag ein

paar Tüten aus der gemeinsamen in ihre neue Wohnung getragen. Die Auflösung ihrer ersten Zweisamkeit im Stillen.

Sie wollte nicht mit ihm darüber reden, warum sie nicht mehr mit ihm sein wollte.

Sie wollte ihm nicht sagen, woher sie das Geld für die Wohnung hatte.

Sie wollte ihm nicht wehtun.

Maxi hatte Lothar nicht gekannt, als er sie letzten Sommer an der Bushaltestelle gefragt hatte, ob sie aufsteigen wolle auf seinen Roller, ihm sei nach Abhauen zumute.

Klar, hatte sie gesagt, aber mach keinen Scheiß.

Mach ich nicht. Hast du die selbst gefärbt? Deine Haare? Wahnsinnsblau, wie ein Pfau.

Morphofalter.

Wie bitte?

Ein Schmetterling, Mann! Blau, superblau. Willst du auch bunte Haare?

Lothar hatte genickt und gesagt, schwarz.

Schwarz ist nicht bunt.

Aber eine Farbe.

Und dann war sie auf seine Vespa geklettert, denn sie hatte keinen Plan von ihrem Leben, lungerte die meisten Tage nur rum, hatte ab und zu Jobs, Hunde spazieren führen, Werbung in Briefkästen stopfen, Kinder hüten, und dann wieder lungern.

Sie war mit ihm in seine Wohnung im Untergeschoss der Villa seiner Eltern gefahren, direkt neben dem protzigen Hallenbad, der Geruch von Chlor im ganzen Haus.

Agent Carter war satt, sie zog die Beine ein und senkte sich ab. Maxi zündete sich eine Zigarette an, blies den Rauch in den Abendhimmel, langsam, sie übte, Kringel zu blasen, den Mund rund öffnen und dann kurz die Luft rauspuffen, hatte Lothar gesagt. Der Rauch tanzte wieder nicht in Kreisen, sondern schlingerte mit ausgebreiteten Schleierarmen über den Balkon. Lothar konnte die perfekten Kreise machen. Als würde er Seifenblasen ausatmen.

Die Nähe zu ihm war in Gedanken besser als die Nähe zu ihm in echt.

Seine Eltern nahmen Maxi mit in die Ferienwohnung im Schnee, ins Hotel am Meer, in Restaurants mit viel Besteck.

Du bist das Beste, was Lothar bekommen konnte, hatte der Vater gesagt und ihr zugeprostet. Riech mal, ein Sangiovese, sie waren in der Augusthitze alle auf dem Weingut gewesen, die Eltern hatten Flasche um Flasche degustiert, und der Vater hatte gesagt, man muss sich mit Weinen auskennen, wenn man im Leben etwas erreichen will.

Maxi kannte sich mit Weinen aus.

Sie hatte am Glas gerochen, es geschwenkt, so wie der Vater von Lothar es getan hatte, der Wein schwappte im Glas, kreiste an der durchsichtigen Wand entlang, und der Vater hatte gesagt, gut machst du das, Maxi. Sie hatte einen Schluck genommen und Lothar ins Ohr geflüstert, also Bier finde ich besser. Der Vater sah sie an. Lothars Mutter trug einen gemusterten Kaftan und silberne Birkenstock-Sandalen, die große Sonnenbrille in die hellblonden Haare gesteckt, ihre Haut verbrannt von den Tagen am Meer, der Lippenstift weggetrunken, Reste von Orange am Rand der Oberlippe, in dieser kleinen Nische zwischen linker und rechter Lippenseite, sie wankte, als sie das Weingut verließen, und der Vater sagte, die Kunst sei, nicht betrunken zu werden, alles andere sei banal.

Wenn Maxis Eltern sie hätten sehen können in dieser sauberen Welt mit weißen Stoffservietten, Kerzenständern, Böden aus poliertem Stein und Fenstern so groß wie Wände und Wänden voller Bilder mit wenig Farben und Linien drauf, die einander kreuzten und nichts darstellten. Dann hätte Maxi ihnen gesagt, hier ist es genauso verlogen wie bei euch, nur ordentlicher.

Lothar hatte ihr erzählt, dass ihn seine Mutter, als er klein war, im Winter in der Unterhose auf der Dachterrasse ausgesperrt hatte, weil er in seinem Zimmer Popcorn gegessen hatte, und das durfte er nicht. Essen durfte er nur in der Küche. Und wie seine Mutter drinnen gesessen und gelacht und mit ihren Freundinnen telefoniert habe. Und er habe geschlottert vor Angst und Kälte. An das Ende der Qual konnte er sich nicht mehr erinnern.

Wenn Lothar traurig war, fühlte sich Maxi wohl. Dann konnte sie ihn streicheln und wusste, er würde nichts von ihr wollen, sich nur einrollen an ihrer Seite auf dem Sofa, sie würde seine Tränen wegküssen, und beide würden einschlafen.

Maxi hatte auf dem Heimweg nicht nur Tomaten für Agent Carter gekauft, sondern auch schwarze Haarfarbe, für alle

Fälle. Irgendwann würde sie Lothar anrufen und wiedersehen wollen.

Einmal hatte Lothar gesagt, er zeige ihr ein Geheimnis. Einen Ort, an den niemand durfte. Nur sein Vater. Das Zimmer im Turm über der Terrasse. Und dort ein alter Schrank, Flaschen mit Alkohol und Gläser in verschiedenen Größen. Links ein Hebel. Lothar hatte daran gezogen. Am Boden hatte sich eine Platte gelöst, darunter war eine Schachtel zum Vorschein gekommen.

Lothar hatte sie herausgenommen und geöffnet und sich die Pistole in den Mund gesteckt. Maxi bekam einen Lachanfall.

Lothar nahm die Pistole aus dem Mund und richtete sie auf Maxi.

Paff, paff, paff.

Lass den Scheiß!

Sie warf ein weiteres Stückchen Tomate auf den Balkon. Agent Carter rannte. Gegenüber, hinter den Dächern der Garagen, ein anderer Wohnblock wie ein Spiegelbild. Auf ihrer Höhe eine Wohnung. Ein Vorhang, der zur Seite geschoben wurde, eine Frau, die auf den Balkon trat, im Bademantel, die Haare unter einem Turban aus Handtuch versteckt, eine Zigarette anzündete und so lange daran zog, dass der glühende Punkt deutlich zu sehen war. Maxi nahm zeitgleich einen Zug, es fühlte sich an, als wäre sie die Frau auf der anderen Seite.

Da kam ein Mann hinter der Frau vage zum Vorschein, nahm ihr die Zigarette ab, zog daran, schnippte den glühenden Stummel vom Balkon und gab der Frau einen Kuss. Seine Hand wanderte über den Mantel und verschwand unter dem Stoff. Die Frau holte die Hand wieder heraus.

Die weggeworfene Zigarette lag auf dem Blechdach und erlosch ganz langsam. Das Paar war verschwunden.

Maxi hatte niemandem gesagt, wohin sie gezogen war. Unauffindbar sein, für eine Weile. Das Geld für die Miete hatte sie von Lothars Vater bekommen, der Vater hatte sie gefragt, ob sie arbeiten wolle, einfache Büroarbeiten, Excel-Tabellen kopieren und Briefe etikettieren. In seiner Kanzlei. Meistens über Mittag. Wenn alle beim Essen waren. Er hatte die Büroarbeit, die nicht nur mit Papier zu tun hatte, gut bezahlt.

Bleibt unter uns, abgemacht?

Maxi und ihr Körper hatten eine Vereinbarung getroffen: Sie hatten nichts mehr miteinander zu tun.

Die Abende in ihrer Wohnung flossen ineinander, als wären sie Tinte im Wasser, Auflösen ohne Kontur. Eine sanfte Verwischung, die Maxi beruhigte. Sie warf die Tomaten, sie sah die Frau, rauchend, mal nur in einem Pullover mit nackten Beinen, so schien es, der Mann wie immer sofort in ihrer Nähe, als könnte er sie nur auf dem Balkon küssen, vor allen Leuten, die auf den Balkonen vis-à-vis hinübersahen. Vielleicht war es auch nur Maxi, die das alles beobachtete. Sie konnte sehen, dass die Frau den Mann wegschob, dass er ihr Zigaretten brachte, dass er redete und sie den Kopf schüttelte, dass er mit dem Hund im Hof spazierte und die Frau oben auf dem Balkon telefonierte und laut lachte.

Lothar hatte Maxis Voicemail vollgeweint.

Er tat ihr leid.

Er fehlte ihr. Ein erstaunliches Gefühl. Damit hatte sie nicht gerechnet.

Der Mann zerrte an der Leine. Der Hund pinkelte im Gehen, weil der Mann ihm keine Pause gönnte. Der Mann wollte schnell wieder hinauf und die Frau anschreien, mit wem sie telefoniert habe. Maxi hörte seine Stimme, ihr Fluchen. Dann beide auf dem Balkon, gestikulierend, das Handy der Frau fiel beim Gerangel in die Tiefe, und dann flog die Frau über das Geländer und landete auf dem Blechdach, das nun andere Töne machte als beim Regen, und Maxi hatte alles gesehen und zu Agent Carter gesagt, dieses Schwein.

Das blaue Licht zuckte an den Wänden der Siedlung entlang, alle waren auf ihren Balkonen, drängten an die Fenster, eine tote Frau in einem Pullover, nackte, verdrehte Beine, und ein Mann, der noch mehr aus dem Fenster geworfen hatte als die Frau, nun auch den Hund, der erstaunlicherweise lebte, humpelte und an der Frau schnupperte.

Maxi hörte Lothars Stimme immer wieder auf ihrem Handy, dass er sich das Leben nehmen würde im Pool mit Rasierklingen, damit alle sehen würden, wie schlimm sein Schmerz sei und sein Leiden, dass alles kalt sei bei ihm daheim, dass er seine Eltern hasse und dass er sie liebe und sie brauche und dass er wisse, dass sie ihn nicht liebe, aber das sei ihm egal. Er sagte sogar, ich würde mit dir leben wollen und nichts mehr von dir wollen, echt, weil ich weiß, dass du das gar nicht so magst.

Es kamen noch andere Nachrichten, plingplingpling. Von seinem Vater, der im Büro winselte und sagte, er brauche sie, er wolle sie, er würde ein Konto eröffnen, eine Wohnung mieten, nur für sie beide, ihr eine Ausbildung bezahlen, Zahnhygienikerin, das wäre doch was. Sie konnte seine Whisky-Fahne durchs Handy riechen.

Sie hatte keine Eile, das Geld von ihren Bürostunden würde noch eine Weile reichen.

Es klingelte an ihrer Tür. Durch den Spion sah sie eine Frau, einen Mann, beide in Uniform. Wie im Fernsehen. Sie öffnete, die üblichen Fragen. Sie erzählte, was sie gesehen hatte. Sie sagte, die Frau habe ihn immer weggeschubst und dass er sie auf den Balkon gedrängt habe und ihr dabei das Telefon runtergefallen sei, und dann habe er sie hochgehoben und hinterhergeworfen.

Ein Telefon. Wo denn?

In der Dachrinne wahrscheinlich.

Und der Mann, kam der öfter?

Viel zu oft. Jeden Abend.

Wenn Ihnen noch etwas einfällt, melden Sie sich.

Mir fällt bestimmt noch was ein, ich muss nur den Schock erst verarbeiten.

Brauchen Sie Hilfe?

Maxi schloss die Tür. Es war kein Schock. Es war alles klar. Eine Frau war tot. Ein Mann war Täter.

Sie rief Lothar an.

Ich hab Haarfarbe für dich. Magst du? Rabenschwarz.

Jetzt?

Komm!

Er sah sich um, all die Tüten, voll mit ihren Kleidern. Eine Matratze mit Decke und Kissen. Kein Tisch. Ein Stuhl. In der Küchennische kaum Geschirr.

Hier wohnst du also?

Maxi nickte. Setz dich.

Wo?

Auf den Boden halt. Wo sonst.

Sie saßen beide im Schneidersitz, Maxi öffnete die Balkontür und holte Agent Carter herein.

Lothar musste lachen, ich dachte, du habest einen anderen.

Die Schildkröte stakste durch das Zimmer. Lothar fragte, ob er sie streicheln könne. Also die Schildkröte. Den harten Panzer, der nicht warm und nicht kalt war.

Klar, den kannst du streicheln.

Seine Finger glitten über das Horn, Maxi konnte ihn dabei ansehen, ohne in seine Augen schauen zu müssen, sie sah seine durchsichtige Haut, vom Gamen, vom Rauchen, vom Trinken, vom Weinen.

Hast du meine Nachrichten gehört?

Ja, klar. Hab sie alle abgespeichert.

Sie reichte ihm die Packung Haarfarbe.

Und? Rabenschwarz.
Machen wir!
Hab alles vorbereitet.

Im Bad, das so klein war, dass Lothar in der Wanne sitzen musste, auf dem einzigen Stuhl, den sie hatte, damit sie ihm die Paste auf seine Haare pinseln konnte. Das Handtuch auf seinen Schultern, seine nackten, blassen Arme, die fädigen, hellbraunen Haare, sie verdunkelten sich.

Sie sagten kein Wort. Es war schön.

Sie verbrachten den Abend auf dem Boden, machten liegend Selfies von ihren Haaren, auch am Boden, wie sich ihr Blau in seinem Schwarz verwirrte. Agent Carter krabbelte über ihre Haare.

Die soll jetzt bloß nicht pissen.

Und wenn schon.

Lothar fragte, ob er bleiben dürfe, er könne auch auf dem Boden schlafen, nicht dass sie meine, er wolle wegen dem bei ihr sein.

Nein, er wollte einfach und überhaupt bei ihr sein.

Maxi nickte, sie schliefen in Kleidern irgendwo im Zimmer verteilt, vertraut, als wären sie nie ein Paar gewesen, sondern viel mehr. Vereinsamte Verbündete.

Die Zeitungen hatten alle dieselben Schlagzeilen. Eifersuchtsdrama. Der Täter vielleicht unter Drogeneinfluss, vielleicht nicht einmal wirklich schuldfähig. Maxi fehlte die Frau auf dem Balkon. Sie rief bei der Polizistin an, ihr sei noch etwas eingefallen.

Ja, was?

Ob sie den Hund haben könne, der sei ja jetzt obdachlos.

Der Vater schrieb ihr Nachrichten, er müsse sie sehen, er liebe sie, er wolle sie, er sterbe.

Maxi schrieb zurück, *lass mich.*

Gottseidankdulebst.

Ja, klar, was denn sonst?

Sie fuhr mit Lothar und seinen schwarzen Haaren ins Tierheim, ihre Schenkel an seinen Schenkeln, das Zittern des Motors unter ihnen, die einzige Körperlichkeit, die Maxi genoss. Kein Mund, der zu nah kommen würde, ein weiches Ohrläppchen, das ihr nie wehtun würde, ein Nacken mit Kuhle und darüber lange nachtschwarze Haare im Fahrtwind.

Sie durften den Hund streicheln, er trug eine Schiene, das brauche noch etwas Zeit. Es hätten sich schon viele gemeldet. Dieser Hund, fast ein Superheld. Passend zu Agent Carter.

Maxis Name wurde auf eine Liste geschrieben. Sie sagte, sie hätten einen großen Garten, und gab die Adresse von Lothar an. Ein Garten, das sei natürlich wichtig. Auf dem Sonnenhügel, beste Lage, Maxis Name wurde unterstrichen und mit Ausrufezeichen versehen.

Sie hören von uns in den nächsten Tagen.

Danach die Fahrt mit Lothar durch die Stadt und die Straßen bis in den Abend und hinauf auf den schattigen Berg, von wo aus sie den See sehen konnten und die Lichter und auf der anderen Seite diese Villen mit ihren Gärten, in denen Roboter Gras fraßen.

Dort oben, erkennt du unser Haus?

Lothar deutete in die Ferne, in das Funkeln all dieser Gebäude, das dort, mit dem Turm. Das Zimmer des Vaters, in das niemand durfte. Nur Maxi hin und wieder.

So hell, dass sie es gut sehen konnten.

Zu viel Licht für Maxi in dem Haus mit den dunklen Seiten.

Sie saßen auf einer Bank. Der erste laue Abend. Vor wenigen Tagen noch war alles kälter gewesen. Lothar stand auf und zeichnete mit seinen Schuhen Felder in den Kies.

Kennst du Himmel und Hölle?

Er nahm einen Stein und hüpfte auf einem Bein ins erste Feld.

Sie hüpfte ihm hinterher. Sie warfen, trafen und landeten im Himmel, ohne eine Linie zu berühren. Und malten sich aus, wie es wäre, wenn der Hund zu ihnen ziehen würde. Er wäre unser Kind, sagte Lothar.

Du?

Ja.

Ich habe noch nie gesagt, dass ich jemanden, du weißt schon, aber dich, glaube ich, ich …

Sie nahm seine Hand, zog sie an ihren Mund, roch den

Tabak, gab den Fingern einen Kuss und sagte, es ist gut mit dir. Wirklich.

Lothar sah sie an, die Nacht hatte den Tag endgültig vertrieben, Lothars Gesicht war im Dunkeln unfassbar. So, als wäre er gar nicht wirklich da.

Ich muss dir auch was sagen, dann wird alles gut.

Sie holte das Handy aus der Tasche und ließ die Nachricht seines Vaters laufen.

Die Zeitungen hatten wieder eine Schlagzeile. Ein Bild von einem Pool mit Blut, wie rote Tinte im Wasser, ein stadtbekannter Anwalt von seinem Sohn angeschossen. Lebensbedrohlich.

Maxi nannte den Hund Shield. Sie stellte sich vor, er hätte Inhuman-Kräfte, wäre die Spürnase im Team der Agents of S.H.I.E.L.D. So einen Vater wie Topagent Phil Coulson hätte sie haben wollen, einen, der alle beschützte, edel beschützte, nicht befingerte. Der Hund und die Schildkröte schliefen im selben Körbchen. Sie hatten ihn im Tierheim geholt, und am Abend war Lothar an den Schrank gegangen und hatte die Waffe befreit und den Vater beim Schwimmen beobachtet. Maxi konnte jeden Schuss verstehen.

Sie besuchte Lothar, so oft sie konnte. Er lebte in einer Klinik auf dem Land und malte Aquarelle.

Maxi sagte, alles sei gut.

Er sagte, er sei erleichtert. Es sei viel besser so.

Sie nickte.

Ich komme hier lange nicht mehr raus, vielleicht nie mehr, ich will auch gar nicht.

Maxi lächelte, und Lothar streichelte Shield. Weiches Fell unter Fingerspitzen.

Und die Pflegerin sagte, Sie tun ihm gut.

Maxi schloss ihre Ausbildung als Kosmetikerin ab und verdiente Geld mit etwas, das sie mochte.

Und abends, wenn sie Tomatenstückchen in die Ecke warf und Agent Carter losrannte und Shield im Traum mit seinen Beinen zuckte, auch mit dem kaputten, und aus ihrem Mund runde Rauchkreise in den Hof schwebten und gegenüber auf dem Balkon eine neue Frau stand und Balkonkistchen bepflanzte, dann malte sich Maxi aus, wie sie Lothars Vater das Geld zurückzahlen und Lothars Mutter die Augenbrauen zupfen würde, bis sie keine mehr hätte, und beiden sagen würden, das ist das Ende der Qual.

ZERHACKEN, ZERSCHNEIDEN

Eigentlich hatten sie ausgemacht, dass er nicht da sein würde. Er hatte sich nicht daran gehalten. Wie immer an nichts gehalten. Paula hörte ihn im Wohnzimmer, sie hatte Angst. Nicht vor ihm, sondern vor sich selbst.

Der Schlüssel hatte gepasst, als wäre immer noch alles in Ordnung. Als wäre sie immer noch mit ihm zusammen, als käme sie grad von der Arbeit, müde, erschüttert vom Kampf um den Platz in der Zeitung, Seite 64, weit hinten, wenig wichtig, der Teil, über den sich die Redakteure von den Seiten 1 bis 12 lustig machten. Vor allem die vom Auslandsressort, die Wichtigtuer und Besserwisserinnen, die die Weltlage analysierten, in Kairo saßen und Pfefferminztee tranken und schreiben konnten, was sie wollten, weil sie niemand kontrollierte.

Sie sagte, hallo. Ich bin's.

Ich weiß, wer sonst.

Warum bist du hier? Wir hatten doch …

Sie hörte ihn aufstehen, der alte Ledersessel machte wie früher dieses Geräusch, als würde er vor Erleichterung seufzen, wenn jemand seinen Hintern lupfte und ihn endlich vom Ballast befreite.

Schritte auf dem Parkettboden. Er im Gang.

Unrasiert, schattige Haut, kleine Augen. Wie eine Inszenierung von jemandem, der verlassen wird. Eine schlechte Inszenierung. Nicht mal das konnte er. Sie verachtete ihn und all seinen Jammer. Er trat auf sie zu, wollte sie umarmen. Sie wich zurück, damit mehr Luft zwischen ihnen war.

Hör auf, ich hol meine Sachen.

Können wir reden?

Er klang wehleidig, verschränkte die Arme, sein Schlafanzug ließ Haut am Bauch sichtbar werden, mit Haaren. Sie blickte woanders hin.

Ich muss mich beeilen, hab den Lieferwagen nur einen halben Tag.

Dann mach halt, sagte er und ging zurück ins Wohnzimmer.

Unten wartete Lutz, am Steuer. Sie hatte ihn gebeten, ihr zu helfen, sie hatte ihm gesagt, er solle erst mal im Wagen warten. Sie würde die Lage checken, und dann könnten sie gemeinsam den Schrank holen. Lutz hatte sie beruhigt und gemeint, klaro, ich bleib erst mal hier.

Jetzt war alles anders, alles so scheißkompliziert.

Weil Wolfgang sich an nichts hielt, wie immer.

Wenn Wolfgang Lutz sehen würde, würde er wieder durchdrehen, wie das letzte Mal, als sie einander zufällig am See begegnet waren und er gefragt hatte, das ist er also, wegen dem du mich verlassen hast? Ein Witz. Lutz. Reimt sich fast.

Und sie gesagt hatte, ja, das ist er, aber ich habe dich nicht wegen ihm verlassen. Sondern wegen dir.

Die alte Leier, ich bin schuld, ja klar.

Und sie hatte gewusst, dass er ausrasten würde. Er hatte sich eine Boule-Kugel genommen, die im Kies lag, dort, wo immer dieselben Menschen mit seltsamer Körperhaltung große Kugeln möglichst nah an eine kleine warfen und vorher und nachher tranken, und damit auf Lutz gezielt und getroffen. Erstaunlicherweise, denn eigentlich gelang ihm nie etwas. Lutz hatte eine Platzwunde, das Blut sprudelte über seine Stirn, tropfte auf sein Polohemd, die Männer vom Boule-Club hatten Wolfgang angerempelt und gesagt, er solle verschwinden. Irgendjemand hatte Verbandszeug besorgt, sie war dann mit Lutz in einem Taxi ins Krankenhaus gefahren.

Blutende Männer, prügelnde Männer gab's in ihrer Welt nur im Film oder in den News. Damals neben ihr im Taxi, der Mann, der sich den Kopf hielt und sagte, der Wolfgang hat echt ein Problem, da wusste sie, das ist der Mann für meine Zukunft, weil er so komplett anders war als der Typ aus der Vergangenheit.

Lutz war Boden. Wolfgang ein Abgrund.

Wegen des Aussetzers mit der Boule-Kugel hatten sie abgemacht, sie müsse allein in die Wohnung können. Sie wolle Wolfgang nicht sehen. Die vier Stiche auf der Stirn von Lutz waren noch nicht verheilt. Zu riskant. Wolfgang hatte zugestimmt, er sei nicht da.

Nun war er doch da.

Er saß wieder im Sessel, sie konnte seine Beine sehen, das eine wippte über das andere, er war zufrieden, zerstören machte ihn glücklich, das wusste sie. Er hatte das Kind damals in ihrem Bauch für das Kind eines anderen gehalten. Mach es weg, wenn ich ein Kind mit dir will, dann muss es auch hundertprozentig von mir sein. Es war von ihm gewesen, er hatte nur nicht glauben können, dass sie anders war als er. Treu halt. Sie wollte es nicht. Sie hatte gespürt, dass dieses Kind eine Fessel werden würde, an einen Mann, der ein Kind war und immer bleiben würde.

Er hatte sich Geld bei ihr geliehen, sobald ich einen Job habe, bekommst du es wieder, er hatte es dann verprasst und damit andere Frauen glücklich gemacht, so hatte er es genannt. Seine Untreue berührte sie nicht mehr. Und einen Job bekam er auch nicht. Sie ging.

Sie hatte sich oft ausgemalt, wie sie Wolfgang zerschneiden würde. Zerhacken. Zerteilen. Mit seinem Sushi-Messer, das sie ihm zum Dreißigsten geschenkt hatte, Porzellanklinge, weiß, wie sie ihn damit aufschlitzen würde wie eine Bachforelle. Sie hatte als Kind mit Vati und den Männern vom Angelverein Forellen ausgenommen. Er hatte ihr gezeigt, wie man das Messer hinten hineinstach und dann nach vorne ruckelte. Wie man die Därme herauszog, ohne die Gallenblase zu zerquetschen. Sie hatte es gemocht, mit den Fingern den zuckenden Leib zu umklammern, den Schlag auf den Kopf, das Erschlaffen des Körpers, der kurz zuvor noch wellenschnell durch den Fischweiher gesaust war. Vati war stolz gewesen auf seine Tochter, die kein Sohn war, aber immerhin Fische ausnehmen konnte.

Leise sagte sie zu Wolfgang, kannst du nicht einfach spazieren gehen für eine Stunde?

Kann ich nicht, bin noch im Schlafanzug.

Sie ging ins Treppenhaus zurück, dieses hallende, geputzte Treppenhaus, dieser verlogene Zitronenduft, diese Treppen, dieses Haus, in dem sie fünf Jahre lang so getan hatte, als sei sie glücklich.

Sie rief Lutz auf dem Handy an.

Was soll ich jetzt machen, er ist hier, den Schrank schaff ich nicht alleine die Treppen runter, den Rest schon, er ist mir unheimlich.

Lutz sagte, ich prügle ihn klein.

Sie flüsterte, er ist nicht mal eine fette Schlägerei wert.

Drinnen hörte sie Wolfgang husten. So ein Ichhöralleshusten. Sie bat Lutz, weiter zu warten, sie würde sich wieder melden, und ging zurück in die Wohnung. Die Tür lehnte sie nur an, für alle Fälle.

Sie kannte diesen Mann nicht mehr, diesen Mann, den sie mal so was wie geliebt hatte und für den nun nur noch Verachtung übrig geblieben war. Zu viele Lügen aus seinem Mund. Immer wieder. Ohne dass er dabei rot wurde.

Der Knutschfleck an seinem Hals, als sie nach einem mehrtägigen Kaderseminar nach Hause gekommen war. Das sei kein Knutschfleck, er sei in der Dusche ausgerutscht und auf die Kante gedengelt. Ich hätte tot sein können, hatte er gesagt.

Hätte hätte.

Auch jetzt, das Husten, eine Lüge. Das Wimmern, eine Lüge. Alles Köder am Haken, damit sie sich festbeißen würde an ihrer Sorge um ihn, der mit Selbstmord gedroht hatte, der zum Alkoholiker geworden war, der sein ganzes Leben versaut hatte.

Er hatte das Sushi-Messer im Wohnzimmer auf den Tisch gelegt. Die absolute Top-Requisite für einen Abgang mit Mord oder Selbstmord.

Sie sah das Messer.

Er sah, dass sie es sah.

Muss es umtauschen, die Klinge hat einen Riss, sagte er zu ihr, wie ein Kind, das ein brennendes Streichholz über den Teppich hält und es in wenigen Sekunden fallen lassen wird.

Ihr Handy meldete sich, es war Lutz.

Alles in Ordnung?

Sie drückte einen Daumen, der nach oben zeigte, und schickte es ihm nach unten in den Lieferwagen.

Wolfgang lachte, dein Witzlutz macht sich Sorgen, nicht wahr? Du willst also deinen Schrank. Ich helfe dir.

Sie sah alles ganz klar. Vielleicht auch wegen des Messers.

Echt? Das ist aber toll. Wir haben unten so Tragriemen, damit wir ihn heben können. Würdest du sie holen, dann kann ich schon mal ein paar Sachen in die Schachteln räumen.

Deine Kleider liegen alle auf dem Bett. Hab sie extra für dich ausgeräumt.

Wolfgang war stolz auf sich, welch innere Größe, die Kleider der Verflossenen aufs Bett zu legen wie eine erschöpfte Geliebte.

Sie fragte nach dem Bild. Die Seele eines Prinzen, hatte es der Maler genannt. Ihre Mutter hatte es ihr zum Achtzehnten geschenkt.

Wolfgang sagte, das ist verschwunden, und ging im Schlafanzug hinaus ins Treppenhaus.

Kaum war er draußen, knallte sie die Tür zu, hängte die Sicherheitskette ein und steckte den Schlüssel von innen ins Schloss.

Wolfgang machte, was er besonders gut konnte: Er flippte aus und trommelte an die Tür. Er tobte, er fluchte, er rumpelstilzte.

Paula schickte Lutz eine Sprachnachricht, sperr dich im Auto ein, ich bin in der Wohnung in Sicherheit, Wolfgang ist im Treppenhaus. Alles nach Plan. Ich brauche eine halbe Stunde.

Dann nahm sie das Messer und begann zuerst, den Ledersessel aufzuschneiden. Anschließend das Sofa, Design aus Dänemark, von ihr bezahlt. Sie genoss jeden Schnitt, hörte draußen Wolfgang fuhrwerken, Stimmen im Treppenhaus, ihr Handy.

Lutz, es ist alles gut. Ich brauch noch kurz.

Sie nahm ihre Kleider vom Bett und stopfte sie in Tüten. Sie zerschnitt den Futon, zog die Biobaumwolle heraus, sie öffnete alle Vorratsgläser in der Küche, leerte Reis aus, ließ

Quinoa auf den Boden rieseln, Kurkuma, eine knallgelbe Staubwolke auf seinem Schreibtisch mit den unbezahlten Rechnungen, sie leerte Erdnussöl darüber, seinen Rasierpinsel zündete sie an, es roch wie beim Hufschmied.

Sie öffnete die Türen vom Schrank ihrer Kindheit, den sie hatte holen wollen. Der kleine, alte Bauernschrank mit seinen handgeschnitzten Ornamenten und dem Geheimfach, in dem sie ihre Tagebücher versteckt hatte. Sie öffnete das Fach. Die Tagebücher immer noch da. Rausholen, einpacken.

Sie stemmte sich gegen den Schrank und schob ihn über den Parkettboden zum Balkon. Sie sah hinunter, er würde es nicht überleben.

Lutz am Handy. Soll ich die Polizei rufen, dein Macker flippt hier total aus. Da sind lauter Leute im Treppenhaus.

Nein, lass ihn, Polizei fände er nur toll. Er mag Publikum.

Dann schlich sie zur Haustür, auf der anderen Seite Wolfgang, jetzt heulend, Stimmen von unten, er solle sich beruhigen, er schrie, ich will mich nicht beruhigen, halt's Maul, ich liebe sie immer noch, unendlich. Und ob sie nicht einfach wieder von vorne anfangen könnten.

Delete und Reset.

Bopperl. Mein Bopperl.

Sein Winseln. Grässlich.

Sie sagte, geh raus in den Hof, ich werde dich überraschen. Es wird dir gefallen.

Was denn?

Mein Schnack, eine Überraschung!

Kosenamen waren wie Passwörter. Sie würde Lutz nie einen Kosenamen geben, mit ihm brauchte sie keine Verzärtelungen, keine dummen Liebesschwüre, kein Bopperl und kein Schnack.

Sie sah durch den Spion, dass Wolfgang ihr einen Kuss durch die Tür schickte, weil er wusste, dass sie ihn beobachtete. Seine Haare wirr. Dann ging er die Treppe hinunter.

Sie wuchtete den Schrank über die kleine Erhöhung zwischen Zimmer und Balkon. Sie hob ihn von unten her hoch, er war schwer, kippte dennoch sachte und lehnte an der Brüstung.

Es würde Kraft kosten. Es könnte schiefgehen.

Sie hörte die Tür vom Keller zum Hof, ein Quietschen, Metall, das über den Steinboden schabte.

Sie lupfte den Schrank mit beiden Händen hoch, ruckelte ihn langsam über die Brüstung. Sie spürte, wie er in die Balance kam. Sie presste sich mit aller Kraft dagegen. Dann flog er. Sehr schnell, sehr gerade, sehr eindeutig. Die Magie der Schwerkraft, die aus etwas Schwerem etwas Leichtes werden ließ. Und genau dorthin flog, wo Schnack auf seine Überraschung hoffte.

Wir können, sagte sie.

Lutz startete den Motor.

Und der Schrank?

Den gibt's nicht mehr.

IRRE TOLLE MENSCHEN

Kirsten hatte Moritz von den Farbbeuteln an der Fassade erzählt, von ihrem Sprint, von ihrer Feigheit, von ihrer Clique damals und der Lust, diesen Großkonzernen eins auszuwischen. Sie hatte ihm davon erzählt, als er den Auftrag bekommen hatte, für einen neuen Fitnessdrink das Logo samt Slogan zu entwickeln. Für Nestlé.

Kirsten entwarf mit Tempera eine Farbkarte. Orange, Rot, Gelb. Schwarzblau. So in etwa waren die Töne, die sie damals in den Beuteln verwendet hatten. Ob er die einsetzen wolle, als Zeichen, als Protest ohne Stimme, als kleinen Triumph?

Er fand sie albern mit ihrer Rebellion und suchte nach Wörtern.

Er notierte, *Power. Schweiß. Sieg.*

Kirsten las, *Power. Scheiß. Sieg.*

Alle fanden sie albern. Immer schon irgendwie. Ihre Eltern nannten es jugendlichen Übermut, als sie einen auf Punk machte, dabei war Punk längst vorbei. Sie spotteten, als sie in der Psychiatrischen arbeitete und Kunst machen wollte. Als sie einen Sommer nach Stockholm zog, um an der Konsthögskolan mehr über die Farben und das Licht und nebenbei die Männer zu lernen. Ihre Eltern gaben ihr Geld. Sie zahlten ihr ein Leben, das aus Feigheit entstanden war und von Jahr zu Jahr bequemer und leerer wurde. Ihr Protest gegen ihre Eltern bestand darin, an Weihnachten im Wohnzimmer zu rauchen. Ansonsten fand sie, dass es sinnvoll war, das Geld ihrer Eltern, das der Vater mit Luxusimmobilien in der Stadt verdiente, für Kunst auszugeben. Ein Devisenhandel gegen das schlechte Gewissen.

Sie wohnte in Stockholm in einem möblierten Zimmer in Gamla Stan, ein Tisch, ein Bett, ein Schrank, ein Stuhl, vom Fenster aus sah sie die Masten der großen Segeljachten hinter den Häusern vorbeiziehen. Das Licht in dieser Zeit nahm kein Ende, Stockholm und alle hier oben tanzten und tranken dem längsten Tag entgegen. Sie war mit dem Bus an den Stadtrand gefahren, zum leer stehenden Herrenhaus direkt am Ufer, mit den Obstbäumen, einer alten Scheune, einem kleinen Café mit weißen Holzstühlen, hatte sich auf die Wiese gelegt, die Ziehharmonika gehört, das Lachen der Gäste, die Schritte im Kies. Über ihr Möwen. Hungrig.

Nach ihrem Frühling und Sommer in Stockholm hatte sie ein, zwei Handynummern von Menschen, die sie nie wiedersehen würde, fünfzehn Kilo Übergepäck, vor allem Steine, und keinen Plan, wie es daheim weitergehen würde. Das Geld der Eltern hatte sie eingelullt. Immer schon.

Auf dem Rückflug bekam sie nur noch einen Platz am Gang. Es war nichts zu machen, der Flieger voll.

Sie stieg als Letzte ein, vielleicht war ja doch noch etwas frei. Sie ging an den Stuhlreihen vorbei, 19b. Am Fenster ein Mensch hinter einer Zeitung. Kurzes Nicken, sie setzte sich, er las, die Gurte wurden angeschnallt, die Stewardess bat

Kirsten, ihre Handtasche vorne unter den Stuhl zu schieben. Der Mann las weiter Zeitung. Was für eine Verschwendung von Aussichten.

Kurze Frage, würde es Ihnen etwas ausmachen, mit mir den Platz zu wechseln? Weil ich gerne noch mal runterschauen würde.

Die Zeitung wurde gesenkt, das Gesicht dahinter jünger als erwartet. Ein Duz-Gesicht.

Der Mann nickte, kein Problem, ich seh das da unten oft genug.

Sie schnallte sich ab, stand im Gang, er rutschte rüber, sie kletterte über ihn ans Fenster, die Stewardess befahl durchs Mikrofon, sofort hinsetzen, würde sie später nochmals tadeln, dass das sehr gefährlich sei, sobald der Flieger rolle, das sei fahrlässig.

Kirsten sagte, fahr-lässig, passt doch irgendwie.

Der Mann lachte, nannte sich Moritz, hallo. Und du?

Kirsten.

Das Flugzeug hob ab, sie sah aus dem Fenster mit den runden Ecken auf die Stadt. Sie hielt nicht viel von Lieblingsorten, von Lieblingssongs, von Lieblingsmenschen. Du warst gut zu mir, dachte sie, weil du nichts wolltest. Sie hatte niemanden näher kennengelernt. Hatte Nächte mit Männern verbracht, die schöne Körper hatten und ihr auf Schwedisch Komplimente machten, die sie nicht verstand. Für was auch. Sie gefiel sich nicht sonderlich. Noch nie. Sie hatte sich daran gewöhnt. Bub, eigentlich könntest du auch ein Bub sein.

Das sagte ihre Mutter ab und zu. Sie meinte es nicht lustig. Komplimente machten Kirsten misstrauisch.

Moritz fragte, und? Was führt dich hier weg?

Kirsten machte psst, nicht reden, ich will noch rausschauen, bis nichts mehr zu sehen ist.

Erst die Dunkelheit hatte sie wieder zu Wort kommen lassen. Sie redeten über Arbeit, seine jetzt, ihre alte früher und auch in Zukunft vielleicht. Sie erzählte vom Praktikum in der Klinik. Mit irre tollen Menschen. Malen und Kunst und ihre Seelen beruhigen.

Weißt du, man sieht den Leuten nicht an, ob sie spinnen oder dort arbeiten. Manchmal male ich mir aus, ich würde aus Versehen die Seite wechseln.

Moritz schüttelte den Kopf. Spinnst wohl auch ein bisschen.

Du auch, sagte Kirsten. Werbung. Womöglich sogar für Autos und Chemiekonzerne. Sie wünschte ihm viel Spaß beim Vorgaukeln. War ja nichts anderes als lügen für Geld.

Er lachte, viel Geld, immerhin, und nannte die Agentur. Vier Buchstaben ohne Sinn.

Das Aufsetzen der Räder unter ihnen fast unmerklich, als wären sie gar nicht gelandet. Dann diese Hektik, das knackende Öffnen der Klappen, das Zerren an Taschen und Koffern, das Drängeln, erwartungsvolle Blicke auf Handys, alle hatten ein Ziel, heim, er stand auf, sie blieb sitzen.

Hab keine Eile.

Na dann.

Er ging den Gang vor, sah, wie all die anderen, auf sein Handy, drehte am Ende seinen Kopf noch mal kurz zu ihr, hob seine Hand, so, als wäre alles klar.

Sie meldete sich ein paar Tage später bei Moritz. Er sagte, er habe gewusst, dass sie ihn suchen und finden würde.

Vier Buchstaben und ein Moritz, war ja nicht schwer, sagte sie.

Er wollte sie sehen. Essen gehen, spazieren am See, aus dem Leben reden, knutschen, im Bett landen. Rattataaa.

Als das mit Moritz mehr und mehr wurde, lud er sie zu einem Agenturfest ein.

Er sagte, das ist fast so, als würde ich dich meinen Eltern vorstellen.

Sie fand das völlig in Ordnung, denn Eltern waren ungefähr genauso nervig wie Chefs und Arbeitskollegen.

Kein Problem, ich benehme mich auffällig.

Er lachte. Das ist gut, das mögen Werber.

Sie trug eine Bluse mit Wiener Werkstättenmuster, ideal für Smalltalk, spannendes Muster, Josef Hoffmann, Backhausen, Rose Krenn vielleicht.

Dann wurde genickt und aha, spannend, gesagt.

Kirsten schwirrte durch die Räume voller USM-Möbel, mit Rennrädern an den Wänden beim Eingang, sie schnappte sich bei den Kellnern mit langen schwarzen Schürzen Lillets, zerdrückte die Erdbeeren in ihrem Mund, sprach jeden an. Sie spürte, dass seine Blicke ihr folgten. Sie war anders unter Leuten. Wahnsinnig unbekümmert, frech und direkt.

Er war wie immer. Schön, groß, stark, wichtig, modern. Katalogware.

Sie war auf der Kippe, wieder einmal, noch einen Lillet, die Bluse rutschte aus der Bundfaltenhose, viel zu groß für ihren schmalen Körper, über die Schulter, der BH-Träger schwarz, wenig Spitze war zu sehen, und Moritz kam zu ihr und küsste sie aufs Ohr samt einem Wort wie Dubistscharf.

Das Agenturfest endete damit, dass Kirsten mit dem Chef, er war der erste Buchstaben von den vieren, also B, um die Wette trank und gewann. B gab nach sieben Exundhopps auf. Kirsten wurde gefeiert, als wäre sie die Königin, und trank den achten auf Ex.

Moritz wollte, dass sie mehr bei ihm schlafe, dass sie zusammen aufwachten, zusammen die Wochenenden verbrachten, er stellte sie seinen Eltern vor, sie trank extra keinen Alkohol, die Villa seiner Eltern war noch größer als das Landhaus ihrer Eltern.

Nach dem Besuch bei ihm daheim bekam sie ein weißes Plüschpony in Echtgröße ins Atelier der Psychiatrischen geschickt, mit einem iPad um den Hals, sie startete es, ein Film lief ab, er, verkleidet als Prinz, ging auf die Knie und fragte, willst du meine Frau werden? Wenn ja, dann drücke diesen Link.

Wenn nein stand nicht zur Auswahl.

Sie fand kein Gegenargument und tippte auf den Link. Aus einem Sternenhimmel kreiselten über den Bildschirm:

ein Datum, zwei Flugtickets, ein Hotel in Stockholm. Und am Schluss seine Handschrift, *alles paletti, Frau Scheuer-Heinlein.*

Ihre Eltern waren erleichtert, endlich mal eine vernünftige Entscheidung. Der wird euch nie auf der Tasche liegen, hatte Kirsten gesagt, und ihre Eltern sagten, dafür haben wir ja dich.

Sie sah auf die Lampe, auf die Wanduhr, viertel nach. Spät dran, wie immer.

Kirsten stand auf. Ging ins Treppenhaus. Schloss mit dem einen Schlüssel die Tür ab. Blickte zur Tür gegenüber. Hinter dem Loch nichts Dunkles, sondern ein Pünktchen Licht. Das Auge hatte wohl aufgegeben. Sie ging hinüber, drückte auf den Klingelknopf. Stille. Noch mal. Dann eine Tür, dann Pantoffelschritte, schlurfend. Das Lichtpünktchen verschwand. Die Tür öffnete sich langsam. Hinter dem Spalt ein altes Gesicht.

Bitte verzeihen Sie, wir kennen uns noch gar nicht, es war einfach zu viel los, wir sind die neuen Nachbarn, ich bin Kirsten Heinlein, ich würde Ihnen gerne den Schlüssel geben. Als Ersatz. Falls ich mal verspätet sein sollte und die Kinder heimkommen, könnten Sie dann aufschließen? Wir kennen ja noch niemanden im Haus, und da dachte ich, Sie vielleicht. Hier noch meine Handynummer. Ich arbeite heute den ganzen Tag, aber ein Käffchen wär mal was. Freitags habe ich frei, lustig, nicht wahr, wobei frei eigentlich gar nicht stimmt. Freitags habe ich die Kinder, weil die gehen ja nur zwei Tage in die Krippe. Heute und morgen. In den Tatzelwurm. So, jetzt muss ich aber los. Ich freu mich, Sie zu sehen.

Das Gesicht der Nachbarin blickte sie an ohne Worte.

Der Schlüssel wechselte die Hand. Die Tür schloss sich. Kirsten war sich nicht sicher, ob es eine gute Idee gewesen war. Aber besser als niemand. Bestimmt. Vor allem heute.

ZWEI PACKUNGEN SCHWEINEHALS

Barbara schlich zur Haustür, im Treppenhaus waren die üblichen Morgengeräusche zu hören. Sie spähte durch den Spion hinaus. Nebenan die Zwillinge, die wie immer zu spät dran waren. Ihre Mutter rief, hopphopp, und klatschte in die Hände. Die Kinder hatten Köpfe wie Fische mit großen Augen, alles war rund verzerrt vom Lupenglas, sie trugen kleine Taschen, bei ihm waren blaue Delfine drauf, bei ihr ein pinkes Einhorn. Sie trugen Ringelsocken und Turnschuhe mit Klettverschluss, niemand hatte mehr Schnürsenkel.

Was für praktische Kinderleben. Diese Mutter sagte nicht zu ihren Zwillingen, eine Schleife machen, das musst du können, wenn du in den Kindergarten gehst. Jetzt stell dich nicht so an. Du musst erst ein Ohr machen mit dem rechten Bändel und dann noch eines mit dem linken und dann mit der rechten Schnur linksherumkreisen, verdammtnochmal! Barbaras Mutter hatte sich vor sie gekniet, und sie hatte einfach nicht verstanden, wie aus Ohren ein Knoten oder gar eine Schleife werden sollte. Sie war immer nervöser geworden, zitternde Finger, die Schnürsenkel wurden zu Schlangen, die ihren eigenen Weg suchten und nie dort ankamen, wo sie sollten. Die Mutter hatte dann den Knoten gemacht und die Schleife dazu, sie streng angesehen und ihr mit der Hand auf die Wange geklatscht. So, dass es nicht wehgetan hatte, aber trotzdem verletzte.

Wer das in der ersten Klasse nicht kann, ist dumm!

Als sie in die erste Klasse kam und immer noch keine Schleife konnte, zog sie ihre Schuhe vor dem Klassenzimmer so aus, dass die Schleifen blieben. Sie hatte extra Hausschuhe bekommen, graue Filzpantoffeln, die anderen Mädchen hatten bunte aus Kordstoff. Um nach der Schule ihre prallen Füße zurück in die Straßenschuhe zu zwängen, brauchte sie Zeit. Niemand von den anderen wartete auf sie. Sie hörte das Lachen der Mädchen leiser werden, die Grunzgeräusche der Jungs, die große Glastür auf- und zuschwingen und dann nichts mehr. Sie schimpfte mit ihren Füßen. Die nicht hineinwollten in die dunklen, engen Schuhe. Die eine Schleife löste sich. Der Schuh öffnete sich und ließ den Fuß hinein. Es ging ganz einfach, so, als wäre ihr Fuß der von Aschenputtel und passte perfekt, und der Prinz würde sie in seine Kutsche bitten und mit ihr ins Schloss schweben.

Barbara musste langsam gehen, um nicht über die offenen Schnürsenkel zu stolpern. Sie kam zu spät zum Mittagessen und wusste, was es geben würde. Würstchen, Kartoffelbrei und eine Ohrfeige frisch von der Hand auf ihre Wange.

Dass das nicht noch mal vorkommt! Meinst wohl, meine Zeit sei nichts wert. Jetzt ist alles kalt. Das kannst du kalt essen, damit du lernst, pünktlich zu sein. Wenn man nichts kann und so aussieht wie du, dann muss man pünktlich sein. Das ist das Mindeste! Kapiert?!

Sie sah durch das kleine Glas in der Tür hinüber. Diese Mutter wurde von ihren Kindern Mami gerufen.

Mami, Mami, was gibt es heute Abend zu essen, Mami, ich

will nicht weg. Mami, ich will hier spielen. Im Tatzel ist es doof.

Ihr müsst. Basta!

Barbara konnte sehen, wie die Frau die Kinder zur Treppe schob, ihnen je einen Kuss auf den Kopf gab. Als die beiden die Treppe runterrannten, ihr Lachen leiser wurde und die Mutter wieder auf den Beinen war, blickte sie kurz zu Barbara herüber. Direkt ins Fischauge, hinter dem ihr Auge auf dieses Leben der neuen Nachbarn starrte. Sie erschrak, zog sich zurück. Lehnte neben der Tür an der Wand, die Kleiderbügel der Garderobe klimperten aneinander, Ernsts Arbeitsjacke Seite an Seite mit ihrer Jacke für die Zwischensaison. Sie drehte den Kopf nach rechts, zum Stoff, zur Jacke, sie konnte ihn immer noch riechen. Sie fuhr mit der Hand in eine der vielen Taschen, als wäre dort vielleicht noch seine Hand und würde ihre umgreifen und drücken, und er würde sagen, ich geh in die Palme. Barbara spürte kleine Sachen, holte sie heraus. Reste von Tabak, Schnipsel von Samentütchen, eine Mohnkapsel. Sie sah die Mohnkapsel an, ein Köpfchen mit einem Sternenhütchen, sie schüttelte den trockenen Blütenkopf nach unten, schwarze Samen rasselten heraus in ihre andere Hand.

Sie ging in die Küche ans Fensterbrett neben der Balkontür, wo die Geranien erstes Grün trieben, und ließ die Mohnsamen in die Erde rieseln. Am Wochenende würde sie die Pflanzen ins Freie stellen. Die kommenden Tage würde es wärmer werden, hatte der Mann im Radio gesagt, ein Sommerwochenende im April. Mit Staub in der Luft aus der Wüste. Sie drückte die Samen in die Erde und goss den Rest des gekochten Wassers drüber. Abgekochtes Wasser liebten die Pflanzen. Totgekocht war es besser für neues Leben.

Sie hatte nichts vor. Weder jetzt noch am kommenden Sommerwochenende im April. Sie war einfach noch da. Im Gegensatz zu ihm.

Da hörte sie die Tür ins Schloss fallen.

Es klingelte. Bei ihr.

Ich bin die Kirsten. Kirsten Heinlein.

Und dann drangen so viele Wörter in ihre Wohnung durch diesen Türspalt, wie Wasser, unaufhaltsam. Irgendwann sagte die Frau, ich freu mich, Sie zu sehen.

Warum, dachte Barbara, freut sich die?

Wir wollten uns schon längst vorstellen, aber es ist immer noch so viel zu tun, so ein Umzug, Sie wissen schon.

Barbara wusste nicht. Umzug war bei ihr lange her.

Dann redete diese Kirsten weiter ohne Pause von Schlüsseln und Freitagen und Kindern und Notfall.

Und zuletzt sagte sie, so, jetzt muss ich aber los.

Barbara musste nichts mehr und hielt jetzt einen Schlüssel in der Hand, an dem ein Legostein baumelte.

Damit Sie wissen, dass das unserer ist.

Barbara hatte über diese roten Lippen der Frau gestaunt, deren Rand glatt war, und dahinter diese weißen Zähne, nichts Schräges, keiner krumm, keiner fehlte, keiner braun. Dieser perfekte Mund, aus dem Wörter flogen wie Möwen.

Den Schlüssel mit dem Legoanhänger hängte sie ans Brett, dort, wo die Schlüssel zum Schrebergartenhaus, zum Fahrrad, zum Kellerabteil und zum Gefrierfach hingen. Ein geschwungenes Brett bemalt mit Blumen. Der Schlüssel von ihrer Nachbarin am Haken rechts.

Barbara sah ihr hinterher, vom Küchenfenster aus hatte sie alles im Blick, samt Straßenbahnhaltestelle. Wie sie über den Zebrastreifen rannte, direkt zur Haltestelle, und die Neun nahm in Richtung Zentrum und dabei das Handy ans Ohr hielt. Sie sah aus wie in diesen Fernsehfilmen, wie diese Frauen, immer rennend, immer gefragt, immer schön. Barbara hatte nur wenige Termine, Zwei Mal im Jahr schneiden, waschen, legen. Früher hatte sie noch eine Welle dazugemacht. Sie hielt den Kopf nach dem Friseur hoch erhoben, und wenn sie ins Bett ging, dann versuchte sie, möglichst wenig Haare auf dem Kissen abzulegen, um ja nichts von der perfekt geföhnten Frisur zu zerdrücken.

Ernst hatte die schönen Haare nie bemerkt, er sah Barbara selten an, eher durch sie hindurch. Er bemerkte auch ihre Blicke nicht, die ganz genau sahen, dass sein Hinterkopf wie ein nackter Kinderpo glänzte, umrahmt von einem weißen Kranz dünner Haare. Im Sommer besonders sichtbar, wenn er aus dem Schrebergarten kam und sich die Haut über dem Schädelknochen verbrannt hatte. Pavianarsch, hatte Barbara gedacht und gelacht, und Ernst hatte wissen wollen, was sei, aber Barbara konnte es nicht sagen. Sie wurde von einem Lachanfall geschüttelt wie noch nie zuvor. Ernst hatte sie angebrüllt, sie solle aufhören. Sie konnte nicht. Er stürmte aus der Tür und trank seinen Zorn in der Palme weg.

Das Bild vom Pavian und seinem Po auf dem Kopf von Ernst wurde zu Barbaras Heitermittel.

Sie setzte sich an den Küchentisch und trank ihren Kaffee aus, der lauwarm war.

Sie horchte. Das Haus klang leer. Alle mussten mal wohin. Zwischen zehn und mittags waren nur wenige daheim, der Mann im Keller und die Frau Berner aus dem Parterre, weil die nachts arbeitete und tagsüber schlief. Die Berner von der Palme um die Ecke. In der Ernst fast daheim war. Barbara kannte ihr Parfum. Nachmittags um fünf, wenn die Berner aus dem Haus ging, hing der Geruch noch ein Weilchen im Treppenhaus, und wenn Ernst nachts zurückkam, nach den Spielen von seinem Club, denn die konnte er nur mit seinen Kumpels gucken, dann roch er nach Berner, die ihm wahrscheinlich im Lauf des Abends und beim Zuprosten, einer geht noch, einer geht noch rein, um den Hals gestolpert war.

Barbara hatte nichts gegen die Berner.

Im Gegenteil. Auf die Berner war Verlass. Als Ernst letzten Winter mit zu viel Schnaps im Körper unterwegs im Schnee eingeschlafen war, hatte die Berner ihn entdeckt und nach Hause gebracht. Ab da war Ernst nicht mehr in die Palme gegangen. Er saß auf dem Sofa und sah sich die Spiele im Fernseher an, es war sehr laut, denn Ernst hörte nicht mehr gut.

Während seiner Fußballabende im Wohnzimmer verkroch sich Barbara zu ihren Puppen. Sie löste die Gummis von den

Zöpfen und kämmte langsam mit der kleinen Bürste vorsichtig die Haare, bis sie noch mehr glänzten.

Ernst hatte sie dabei erschreckt, es war Spielpause, er musste auf die Toilette und trat auf dem Weg in ihr Zimmer.

Er sagte, irgendwann schmeiß ich die alle aus dem Fenster.

Wen er mit die alle meinte, wusste Barbara nicht. Sie würde es nicht zulassen, dass er auch nur eine von ihnen berührte. Sie würde ihn vorher zur Ruhe bringen.

Das sagte sie ihren Puppen, dass sie sich keine Sorgen machen sollten, sie würde sie bewachen. Beschützen. Sie zupfte an den Rüschenröckchen, bauschte sie auf. Die langen Haare flocht sie zu Zöpfen, die roten Schleifen an den Gummis wie Propellerchen. Alle Puppen sahen sie an, manche zwinkerten ihr zu, wenn sie sie auf den Rücken legte, um ihre Lackschuhe zu polieren, die sie kurz anhauchte, damit sie schöner glänzten. Sie legte jede von ihnen immer in derselben Reihenfolge auf ihre linke Schulter, dem Herz so nah, wiegte sich und die Puppe hin und her und sprach zärtliche Silben. Manchmal schien es ihr, als wäre sie selbst eine Puppe mit Alabasterhaut und niedlichen Nasenflügelchen.

Mein Liebling, meine Süße, mein Püppchen.

Worte, die sie nie gehört hatte, sagte sie ihnen immer und immer wieder, und sie taten ihr wohl. Jede Puppe kam dran. Auch Alex in seiner karierten Latzhose und der passenden Mütze. Er immer als Letzter und am längsten.

Leise öffnete Barbara ihre Haustür, den Schlüssel fest umklammert in der Hand. Wäre er ein Vögelchen gewesen, er wäre erstickt.

Sie schob ihn ins Schloss, drehte nach rechts, hielt inne.

Kein Ton. Nur ihr Atem.

Ihr Herz klopfte schneller. Derselbe Gang, die Türen spiegelverkehrt. In der Mitte die Küche. Sie ging ganz langsam, vorbei an Spielsachen, die auf dem Boden lagen, vorbei an Kartonschachteln, die geöffnet dastanden, zerknittertes Zeitungspapier darin.

Im Wohnzimmer alles viel heller als bei ihr. Keine Vorhänge. Eine große Pflanze mit Blättern wie Hirschgeweihe, ein selbst gebautes Puppenhaus, eine Murmelbahn aus Holz. Bücher neben dem Sofa. Kinderkleider auf einem Sessel, Bügelwäsche wohl.

Aufräumen sollte man hier mal.

In der Küche auch alles voll. Ein Regal nur mit Gewürzen, sie hob ein Gläschen heraus, gelb, es roch nach muffigen Socken. In der Spüle Geschirr vom Frühstück.

Sie hatte es sich anders vorgestellt. Der Mann von Kirsten immer im Anzug. So strahlend. So glatt. So wichtig. Sie hatte eine Wohnung erwartet wie er. Eine Wohnung wie ein Aktenkoffer.

Aber hier war es unübersichtlich. Durcheinander. Warm.

Sie setzte sich aufs Sofa, unter einem Kissen schaute ein Bein hervor. Sie zog daran. Ein Hasenbein, gefolgt von einem matten Körper, das Gesicht dazu abgewetzt. Der Plüschstoff brüchig.

Kaputtgeschmust.

Sie hielt den Hasen vor ihre Brust und holte tief Luft.

Seit Ernst nicht mehr da war, kam sie endlich wieder mal

über den Berg unter ihrem Brustkorb, dort, wo das Zwerchfell den Lungen Platz machte.

Tief. Einatmen. Und ausatmen. Sie war noch da.

Ein Glück, dass sie erst heute den Schlüssel bekommen hatte. Nicht letzte Woche. Dann hätte womöglich Ernst die Tür geöffnet und bestimmt gesagt, nein, machen wir nicht, suchen Sie sich andere im Haus. Wir wollen unsere Ruhe. Und könnten Sie Ihren Kindern sagen, dass das Treppenhaus kein Spielplatz ist. Und dass diese Räder in den Keller gehören und nicht vor die Tür, die versperren ja alles. Ob sie die Hausordnung nicht gelesen habe, da stehe alles auf Punkt und Strich.

Oder so.

Der Ernst hätte der Frau die Tür vor der Nase zugeknallt, sich ein Bier geholt und Barbara erzählt, dass das unmögliche Leute seien, diese Neuen. Störenfriede. Und die Verwaltung schere sich einen Dreck drum, ob das Gefüge im Haus stimme. Er habe immer dafür gesorgt. Weißt du noch, wir hatten doch nie Ärger. Weil alle wussten, dass der Schuster schaut. Nicht wahr, Barbara?

Und Barbara hätte sich mit ihm aufgeregt über die Nebenanderen. Im Ablehnen waren sie eins. Sie hätte Ernst erzählt, dass in der Waschmaschine noch Socken von denen waren, solche mit Baumaschinen drauf, weil die ja nicht mal die Maschine richtig leerte, und an die Zeiten hielt sie sich auch nicht. Wenn Barbara Waschtag hatte, hing die Leine immer noch halb voll mit Unterhemden und Einhorn-T-Shirts und Handtüchern und Bettwäsche und BHs, die hatte sogar rote, die Nachbarin, für was denn das? Und so Hosen mit fast nix dran, Tangas wohl. In Lila.

Und der Ernst hätte gescheppert und gesagt, die kannst du mal raufbringen, die Unterwäsche.

Barbara hätte mitgelacht, weil der Ernst das mochte, wenn seine Zoten sie amüsierten.

Ach, Barbara, wir haben's doch gut.

Ja, haben wir, spielen wir.

Ernst hätte sein Bier beiseitegestellt, Barbara die Karten aus der Schublade geholt, abgewetzte Karten. Maumau. Beim Siebner zwei ziehen, bei der Acht aussetzen, sie hatten sich aber auch selber neue Schikanen ausgedacht. Beim Fünfer Karten tauschen, das war Barbaras Erfindung. So konnte man dem anderen in die Karten gucken, die Rolle wechseln, vom Sieger zum Verlierer werden und zurück. Ohne selbst daran schuld zu sein. Die Fünf war Barbaras Lieblingsblatt.

Ernst hätte die Nachbarin beschimpft. Er hätte irgendwann die Kinder beschimpft, bei der Verwaltung angerufen und gesagt, dass man da durchgreifen müsse.

Aber Ernst hatte nichts mehr zu sagen.

Sie gab dem Hasen einen Kuss.

Sie hörte Schritte. Im Treppenhaus. Sie sprang auf, schlich in den Gang, guckte durch diesen Spion auf ihren Spion. Sah den alten Mann die Treppe heraufkommen, der im Keller Flöten schnitzte, er legte etwas vor ihre Tür, zögerte kurz, legte seine Hand auf ihre Klingel, drückte, wartete, horchte, was hatte der zu horchen, ging dann wieder hinunter.

Barbara wurde unruhig. Sein Ohr an ihrer Tür. Wenn der Ernst das sehen würde, der würde dem aber ganz schön eins auftischen.

Manchmal begegneten sie einander, wenn sie die Wäsche im Hof an die Leinen hängen und von Sonne und Wind trocknen lassen wollte. Dann kam der Mann aus seinem Abteil im Keller hinten rechts und hielt ihr die Blechtür auf, sie zwängte sich mit dem Wäschekorb an ihm vorbei. Er fast wortlos, nur brüchige Sätze holperten aus ihm heraus. Er hatte die Wohnung im ersten Stock, war aber immer dort unten im Keller. Er lebte schon lange hier im Haus, Barbara wusste noch, dass am Anfang zwei Kinder dabei waren, ein Junge, ein Mädchen, keine Frau. Die Frau habe er schon lange verloren, in seiner Heimat, hatte sie mal jemanden sagen hören. Die Kinder waren längst weggezogen, tauchten nur noch selten auf. Der Mann, der saß auf immer und ewig im Keller und schnitzte Flöten, auf denen er spielte.

Wenn Waschtag war und sie mit Holzklammern die Laken an die Leinen hängte, hielt sie inne und lauschte dem Klang, der mit jedem Ton eine Sehnsucht aus dem Kellerfenster schickte und Barbara mit auf Reisen nahm. In ein Land, in dem es warm sein musste und nach Kräutern duftete und hinter Felsen das Meer glitzerte. So stellte sich Barbara das Land mit den Flötentönen vor. Der Ton zog sie an, als würde jemand einen Faden abwickeln, an dem sie hing. Keine Angel, ein Faden. Denn sie zappelte nicht, sie folgte dem Ton mit all ihrem Inneren, das da noch war, trotz Übergewicht und Küchenschürze und Brille, die nicht nur dazu diente, besser zu sehen, sondern auch dazu, ihre Augen dahinter zu schützen.

Es brach eine Zartheit aus ihrem Körper. Krokusgleich aus einem Boden voll verdorrtem Laub.

Barbara verbrachte die Waschtage im Keller. Sie hatte sich einen Hocker neben die Maschine gestellt und saß dort. Das Surren der Maschine, der Duft von Weichspüler, das kräftige Schleudern. Stundenlang war sie im Keller, und Ernst sagte jeweils, was wärst du ohne deine Wäsche!

Ernst wusste nicht, dass Barbara immer dann wusch, wenn sie die Flöte hören konnte. Sie mochte ihn, den fremden Mann, seine buschigen Augenbrauen und vielen Furchen, als wäre seine Haut vom Leben ausgewaschen worden, wie Rinde. Barbara schämte sich, dass sie mit Ernst über ihn spottete. Der Anatole da unten schlachtet bestimmt Lämmer. Woher kommt der überhaupt? Pavic. So ein Itsch! Und zahlt der seine Miete? Ernst hatte die Verwaltung angerufen, als Ehemaliger durfte er das schon wissen. Weil er sich verantwortlich fühle für die Genossenschaft, hatte er in den Hörer gezischt.

Ja, Herr Pavic zahlt regelmäßig, als einer der Ersten überhaupt. Schon immer.

Sie hatte Ernst nie von den Tönen erzählt. Sie genoss es, ein Geheimnis zu haben.

Er war wieder weg. Sie öffnete die Tür, sperrte sie hinter sich ab, steckte den Schlüssel mit dem Legostein in die Tasche ihrer Schürze, hob das Stück Holz vom Boden auf, ging in ihre Wohnung und fuhr mit der Flöte über ihre Wange. So leicht. So geschmeidig.

Dann setzte sie das Mundstück an ihre Lippen und ließ langsam ihren Atem durch das Holz gleiten. Es rauschte leise. Sie gab Druck. Ein Ton, kein schöner, aber einer, der zu hören war. Sie legte den Zeigefinger und den Mittelfinger auf zwei der drei Löcher und blies erneut. Ein anderer Ton. Mit jedem Atemzug suchte sie nach neuen Klängen, bis ihr schwindlig wurde. Die Flöte legte sie auf den Küchentisch, aus der Schublade holte sie eine Papierserviette, bunt bedruckt mit Weihnachtskugeln, sie wickelte die Flöte darin ein, legte sie in die Schublade neben die Spielkarten und ihre Hände auf ihren Bauch.

Ernst hatte nichts mehr zu sagen. Barbara kümmerte sich trotzdem um ihn. Vor allem darum, dass man ihn in Ruhe ließ. Die aus dem Schrebergarten würden nach ihm fragen und die Berner aus der Palme bestimmt auch.

Sie hatte in ihrer Schublade Briefmarken und Postkarten. Die meisten mit Blumen oder Seen drauf. Ein paar Kondolenzkarten auf Vorrat, denn es wurde immer wieder mal gestorben, in letzter Zeit häufiger.

Der Schrebergartenpräsident hatte sich im Herbst mit dem Laub grad auch noch selbst entzündet. Die Gasflasche, die neben ihm am Boden gelegen hatte, war nicht mehr dicht gewesen. Manche munkelten, der habe es extra gemacht, weil seine Roswitha doch im Sommer davor aus dem Nichts tot war, beim Einkaufen umgefallen. Das Herz oder so. Das habe er einfach nicht gepackt, der Präsi. Ernst war damals als Vize im Einsatz, er hatte sogar ein Fernsehinterview gegeben, und am Abend hatten sie es gemeinsam angesehen, und Ernst hatte es aufgenommen. Sie wusste, dass er sich immer wieder mal ansah, wie er der Reporterin gesagt hatte, dass keiner so viel über Schädlinge wusste wie der Benno, also der Präsident, also der ehemalige. Gott, ist das tragisch. Der wusste alles über Pilze und Läuse und so.

Das Vernichten von Viechern war für Ernst ein Anreiz, im Garten zu arbeiten. Er liebte es, Maden zu zerquetschen, Barbara half ihm dabei, wenn sie im Frühling gemeinsam die Beete vorbereiteten. Nach Bennos Tod feierten sie in der Gemeinschaft seinen Abschied. Barbara war auch dabei gewesen, Ernst hatte gesagt, sonst denken die anderen, dich gäb's gar nicht mehr.

Es war eine seltsame Gruppe Menschen, alle hatten sich ihre Gartenkleidung übergezogen und ein Werkzeug in der Hand, als Symbol für die Tatkraft Bennos. Ein paar von den Neuen trugen bunte Latzhosen und weiß-rot getupfte Gummistiefel, was kein bisschen zu einer Trauerfeier passte. Ernst hielt eine Rede, Barbara saß im Schatten der Laube, stehen konnte sie nicht lange. Ihre Beine, voll Wasser.

Sie sah, wie er große Gesten mit seinen Armen machte, er drehte sich in alle Richtungen, damit ihn jeder sehen konnte. Er war der zukünftige Präsident.

Dachte er.

Und lag falsch. Denn es hatte sich ein Grüppchen junger Menschen aus der Siedlung in die Gemeinschaft der Familiengärtner geschleust, ja geschleust, hatte Ernst gesagt und war sehr rot dabei geworden, was an seinem Alkoholkonsum und hohem Blutdruck lag.

Und die hatten dafür gesorgt, dass keine Pestizide …

Pestiwas?

Zide, Barbara, Zide!

… mehr verwendet werden sollten. Und dann hatten sie auch noch einen neuen Präsidenten vorgeschlagen, also zwei, einen Mann und eine Frau, die das jetzt als Team führen würden. Ernst wäre um ein Haar mit der Sense auf die beiden los, seine anderen Pestifreunde hielten ihn zurück und zerrten ihn zum Gartenhaus, und dann tranken sie und schimpften. Ab da immer, wenn sie im Garten zusammenkamen.

Barbara war nie mehr dort gewesen. Sie war die Einzige, die darunter zu leiden hatte, dass Ernst weder Vize noch sonst eine Funktion mehr hatte im Garten. Schneckenkörner streute er heimlich im Dunkeln, und seine Wut ließ er am helllichten Tag an Barbara aus. Nichts passte ihm mehr an ihr, nicht mal mehr ihr Hackbraten.

Willst mich wohl mästen. Aber eins sag ich dir, so dick wie du werde ich nie, eher krepiere ich.

Was schneller ging als erwartet. Was vielleicht auch daran lag, dass Barbara Ernst Tabletten gab, die keine waren, den Hackbraten stärker salzte und ihm immer noch ein Bierchen brachte und Schnäpschen zur Verdauung.

Barbara drückte die beiden Verschlüsse nach unten, kontrollierte noch mal, ob der Koffer gut geschlossen war. Sie schaltete das Licht in der Küche aus, hob den Koffer und zog sich ihre Übergangsjacke an.

Sie hatte Gurkengläser bereitgestellt. Für alle eines.

Sie fühlte den Schlüssel mit dem Legostein in ihrer Schürzentasche. Im Treppenhaus Alltagsgeräusche aus den Wohnungen. Die meisten wieder daheim. Sie legte den Schlüssel in einen Turnschuh gegenüber bei dieser Kirsten. Sie verteilte die Gläser.

Dann verließ sie das Haus. Der Koffer war leicht. Sie kam an der Palme vorbei, aus der offenen Tür drangen Fernsehgeräusche und grobes Lachen von Männern. Sie sah zum Himmel, gelb wie Eidotter.

Der Eingang zum Kühlhaus war nur schwach beleuchtet, die Treppe hinunter wie immer mit Abfall, der vom Wind hergetragen worden war, übersät. Sie schloss die Tür auf, ging den Gang weiter bis zur zweiten Tür, die klobig und schwer war, damit keine Wärme in die Kälte dringen konnte und keine Kälte in die Welt hinaus. Sie las die Warnmeldungen. Dass das Licht an einen Bewegungsmelder gekoppelt sei und von selbst ausgehe.

Sie nahm den zweiten, kleineren Schlüssel und schloss ihr Abteil auf, in dem das Gemüse des letzten Sommers und Fleischberge lagen. Sie öffnete den Koffer, zog die Decke heraus, grün-braun-weiß kariert. Sie legte sie Ernst um die Schulter, der auf dem Hocker saß. Kleine Kristalle hatten sich auf seine Augenbrauen und Wimpern gelegt. Die Augen geschlossen. Am Boden lagen zwei Packungen Schweinehals, die Ernst hatte holen wollen für das Sommerwochenende, für den Grill im Schrebergarten.

Sie nahm die kleine Klappleiter mit den drei Stufen, von der aus er immer die oberen Regale befüllt hatte, stellte sie neben Ernst, kramte aus dem Koffer seine Tabletten, die richtigen, eine Flasche Mineralwasser und Alex, ihre Lieblingspuppe.

Dann setzte sie sich auf den obersten Tritt, trank das Wasser, mit jedem Schluck eine Tablette, den zarten Alex drückte sie an sich und roch seinen Baby-Duft.

SAFRANHIMMEL

Es klingelte aus dem Nichts. Rose war dabei, die Aufsätze zu korrigieren, versunken in Reflexionen über Tschick, geschrieben von Jugendlichen, die irgendwann vielleicht auch wie Tschick und Maik mit einem geklauten Auto losziehen würden. Sie liebte das Buch und wünschte sich eigentlich nur, dass es jene unter ihren Schülerinnen und Schülern, sie nannte schon lange immer beide Geschlechter, die verunsichert und einsam waren, dass es jene beflügeln würde auszubrechen. Sie wollte die Lehrerin sein, über die irgendwann jemand sagen würde, sie hat mir die Augen geöffnet, sie hat an mich geglaubt, sie hat mich angeregt. So eine wollte sie sein und schrieb neben den Satz *Tschick wurde für Maik zum Vorbild, ohne dass er ahnen konnte, was für ein Bild hinter Tschick auftauchen würde: feinfühlig beobachtet.*

Sie liebte ihre Arbeit.

Es klingelte erneut an der Wohnungstür.

Sie griff zur Fernbedienung und dimmte George Gruntz am Cembalo, der stürmisch Jazz und Barock miteinander tanzen ließ. Aus den Lautsprechern neben dem Bücherregal wurden die Klangwellen direkt zu ihr an den Schreibtisch am Fenster geschickt und nun leiser. George würde ihr verzeihen, dass sie ihm den Ton abdrehte.

Die Aufsätze lagen unkorrigiert rechts, korrigiert links von ihr, die Stifte säuberlich in einer Schale aus grünem Glas, eine blühende Orchidee im Blickfeld und vor dem Computer eine Muschel. Aus Sizilien. Von ihrer Tochter. Ein Geschenk zu Weihnachten, gefunden am Strand. Mit der Post war sie erst zu Neujahr bei ihr eingetroffen.

Ich komme, rief sie, wissend, dass jemand an der Tür war, der nicht viel Zeit hatte. Bei ihm war das Vorbeileben schon sehr nah.

Er stand da, seine langen, grauen Haare zu einem kleinen Knoten gezurrt.

Jetzt schon? Fragte sie.

Ja, das Licht, hast du gesehen, draußen, das Licht.

Sie schaute an ihm vorbei durchs Treppenhausfenster. Der Himmel hatte sich im Lauf des Nachmittags verändert, er war warm und gelbstichig geworden.

Saharasand.

Sie nickte.

Bin mitten in den Korrekturen, das reißt mich jetzt völlig raus.

Eine Stunde, dann kannst du wieder. Der Himmel wartet nicht auf dich, auf mich aber schon.

Alter Poet.

Alte Lehrerin.

Kurz danach gingen sie aus dem Haus, vorbei an den Briefkästen, einer davon seit Wochen überquellend.

Weißt du, wer da wohnt?

Sie schüttelte den Kopf.

Sie ließen die Straßenbahn vorbeifahren, komm, wir gehen zu Fuß, sagte er, der Abend windstill, eine Ahnung von Frühlingswärme zwischen den Häusern, hie und da erste hellgelbe Blüten, die sich aus dem Grau des Asphalts durch Furchen und Risse zwängten. Manche Büsche duftend mit einer Ahnung von Blättern an braunen, dürren Zweigen, durch welche unsichtbar die Lebenskraft strömte.

Sie erzählte ihm von Bonn, da gibt es eine Straße mit blühenden Kirschbäumen, die sich wie ein rosa Band durch die Stadt schlängelt. Habe ich auf Instagram gesehen.

Insta, soso, junger Hupfer, du!

Hupferin bitte, wenn überhaupt.

Sie hakte sich bei ihm ein, sie gingen den vertrauten Weg an den Schrebergärten bei den Gleisen vorbei. Was alles schon wuchs. Bei manchen sogar Salate unter Plastikhütchen.

Gedopte Grünköpfe, sagte er.

Und Tulpen in bunt.

Streberblumen, sagte sie.

Dann schwiegen sie bis zum See. Es war kein beklemmendes Nichtssagen, sondern vielmehr ein zartes Denken im Duett.

Am See ihr Lieblingsplatz unter der Trauerweide, die bereits hauchfeines Grün aufschimmern ließ und sich aus dem Wintergrau zurückmeldete.

Holger zog sich flink aus, auf einem Bein balancierend hielt er sich an ihrer Schulter fest. Die Badehose hatte er bereits daheim angezogen. Seine Kleider legte er auf die

Bank, er rieb sich die Haut mit dem trockenen Handtuch, bis sie rot leuchtete.

Komm mit mir ins Wasser.

Sie lachte, Spinner, sicher nicht.

Ich wünsche mir das, heute ganz besonders.

Sie sah ihn an.

Was soll das?

Ich habe extra ein Handtuch für dich mitgenommen.

Ist was?

Er nickte. Weißt du, das Exklusive am Altsein ist, dass man nichts mehr aufschiebt. Jede Gelegenheit ist die beste.

Ein Schwan kam näher, zischte, vielleicht war schon irgendwo ein Nest. Holger sah sich um, das Schilf genug weit weg. Er erzählte ihr von einem Komodowaran, der ihn angefallen hatte. Vor langer Zeit, als er auf Guadeloupe Fotos gemacht hatte von Felsformationen. Er zeigte ihr den Unterarm.

Hier die Narbe vom Biss.

Du und deine Abenteuergeschichten, sie sah seine Gänsehaut unter den weißen Haaren.

Besser Abenteuer als gar kein Leben.

Er nahm die Steinstufen, ging schnellen Schrittes ins Wasser, bevor sie ihn hätte zurückhalten können, er stieß sich ab und schwamm, als wäre das Wasser nicht erst dreizehn Grad warm. Sondern sommerwarm.

Wenn man drinnen ist, ist es gar nicht mehr so kalt, rief er ihr zu.

Wie recht du wieder hast.

Sie sah seine helle Haut unter der Wasseroberfläche. Als würde er leuchten.

Einmal pro Woche ging er schwimmen, und sie ging mit. Er hatte sie darum gebeten, letztes Jahr waren ihm die Kleider geklaut worden, er hatte nur in der Badehose durch die Stadt gemusst im November. Es wäre damals fast sein letztes Bad gewesen, so krank war er geworden.

Sie hatte sich um ihn gekümmert, dafür sind wir doch Nachbarn, und ihm heiße Milch mit Honig gemacht.

Sie hatte es genossen.

Seit ihre Tochter weg war, fehlten ihr das abendliche Schwatzen in der Küche, ein Glas Weißwein dazu, das Lachen ihrer Tochter, die von ihren Träumen erzählte, schwarze Kleider trug und Finger voller Silberringe, in der Nase auch einen, die von Permakultur und Töpferkursen redete, von Mikroplastik und Menstruationsschwämmen. Hinter dieser Tarnung als Wildfrau und Weltretterin sah sie immer noch ihre Kleine, der sie Märchen vorgelesen und Pflaster aufs Knie geklebt und die früher am Küchentisch mit der Schere aus buntem Papier Blumen geschnipselt hatte. Sie beide waren die beste Familie, die sie kannte. Und jetzt war die viel bessere Hälfte davon weggeflattert.

Dass Holger krank geworden war, war ein Glück für sie. Tröstenpflegen. Auch an Weihnachten, ihr erstes Weihnachten ohne Kind. Ohne Plätzchenbacken, ohne Orangen mit reingesteckten Nelken auf der Heizung und ohne drei Haselnüsse für Aschenbrödel, beide eingehüllt in eine Decke. Nachrichten aus Sizilien, ein strahlendes Gesicht. Holger hustend.

Vor den Fenstern Schneetreiben. Mit Kerzenlicht und roten Amaryllis kämpfte sie gegen die Farblosigkeit der Jahreszeit.

Am Anfang hatte er nicht gewollt, dass sie sich um ihn kümmerte.

Ich schaff das schon.

Sie hatte gesagt, denk dir die Wände weg, dann sind wir eine WG.

Als er wieder kräftiger war, fragte er sie, ob sie mit ihm zum See komme, ich brauch das Wasser um mich herum. Und jemanden dabei.

Seither also jede Woche einmal.

Sie mochte seinen knochigen Körper, ausgemergelt von Vergangenheit, die sie nur bruchstückhaft kannte, das Lederband am Hals mit dem Amulett. Die großen Füße, deren lange Zehen aussahen, als könnten sie etwas festhalten.

Althippie.

Beamtin.

Sie sah, wie er zum Floß kraulte.

Ist das nicht zu weit?

Er winkte ihr mit einer Hand aus dem Wasser, komm, rief er, es ist herrlich.

Der gelbe Himmel lag schimmernd auf dem See.

Am Ufer blieben Leute stehen, auf dem Heimweg von sinnlosen Tätigkeiten in Büros, deren Fenster sich nicht öffnen ließen, mit ungeliebten Zimmerpflanzen und flackernden Neonröhren. Sie schüttelten die Köpfe.

Spinner, jetzt baden, viel zu kalt.

Echt gefährlich.

Der hat sie wohl nicht alle!

Er war beim Floß angekommen und kletterte raus, streckte die Arme Richtung Himmel. Dürrer alter Mann.

Er ließ einen Urschrei los. Am Ufer lachten die Leute.

Sie dachte an Tschick, ein alter Tschick war das. Ihr Nachbar. Sie dachte an ihre Tochter, die den Winter bei irgendwelchen Aussteigern in der Nähe von Catania verbrachte. Wann sie wiederkommen würde, und ob überhaupt, und was sie machen würde, alles offen. Sie jobbte auf Tomatenplantagen und erzählte von ihren durch das Gift rissigen Händen.

Kauf keine Tomaten, Ma.

Das Abendlicht nahm sie in den Arm. Im Sommer würde sie pensioniert werden. Im Kollegium fragten die anderen, ob sie sich freue. Sie fragten es oft und öfter, wie Sandkörner, die am Schluss scheinbar schneller durch die Enge zwischen oben und unten rieselten. Sie sagten, du hast es gut, keine Abiturreisen, Weiterbildungen und Elterngespräche mehr. Was sie so vorhabe?

Sie würde öfter auf Konzerte gehen, sich im Museum engagieren, vielleicht in einer Schreibgruppe mitmachen oder nochmals studieren. Botanik oder so.

Dabei wusste sie, dass sie in der Leere der Zeit versinken würde. Mit ungewissem Auftauchen, nach Leben schnappend wie ein Fisch nach Mücken.

Sie malte sich aus, wie sie mit der Fähre von Genua aus nach Sizilien fahren, sich in Palermo ein Auto mieten, allein über die Insel reisen und ihre Tochter am Strand umarmen würde. Ihre Hände in deren Haaren vergraben und nicht mehr loslassen und mit ihr biobauern und töpferkursen.

Träume, die sie nur Holger erzählte und zu denen er sagte, mach das!

Geht nicht.

Warum?

Weil ich mich lösen muss. Als Mutter muss man diesen Schmerz aushalten, ihm nicht nachgeben. Das ist unsere Pflicht. Ich will keine Glucke sein. Ich will dir nur davon erzählen, das lindert die Sehnsucht.

Frau Mustermutter, hatte Holger gesagt.

Er hatte seine Arme gesenkt und sich auf das Floß gelegt. Die Dämmerung presste sich durch den Sand in der Luft, das Gelb verlor sich in der aufkommenden Lichtlosigkeit. Sie konnte auf ihren Wangen spüren, wie die Kraft und die Wärme nachließen. Im Park spielte jemand Gitarre.

Sie blickte auf die Uhr. Noch acht Aufsätze bis morgen. Sie sollte los, rief ihm zu, sie müsse jetzt dann. Er blieb liegen.

Sie setzte sich auf die Bank neben seine Kleider, legte eine Hand auf seinen Pullover. Er auf dem Floß bewegte seine Beine, streckte sie in die Luft, als würde er Rad fahren.

Sie rief seinen Namen.

Ihr Handy machte einen Mucks. Ein Foto von ihrer Tochter unter demselben Himmel wie sie, nur ganz woanders. Unter dem Foto stand, *heute Safran in der Luft und ich zum ersten Mal im Meer. Miss you, Ma.*

Sie sie auch, sowasvon. Aber das schrieb sie ihr nicht.

Er lag noch immer auf dem Holzbrett im Wasser. Er hatte mal zu ihr gesagt, irgendwann sorge ich dafür, dass du aus deiner Ordnung krachst.

Sie blickte sich um. Sie sah sich von oben, wie von einer Drohne aus, am Ufer sitzen. Eine Frau auf einer Bank, wie aus einem Guss. Wäre diese Frau in einem Aufsatz ihrer Schülerinnen und Schüler vorgekommen, würde sie an den Rand schreiben, *eine Frau ohne Aussage.*

Er lag stiller als vorher.

Holger?

Sie stand auf, rief, rief, rief.

Ihre Stimme war zu fein für die Sorge.

Es blieben mehr Leute stehen, manche filmten mit den Handys das Floß.

Lebt der noch?

Sie zog sich hastig aus, bis auf Unterhose und BH. Warf ihre Kleider über seine, Handy und Hausschlüssel unter die Bank in ihre Schuhe.

Sie rannte zur Steintreppe, die Füße erschraken vom kantigen Kies, sie spürten die Nässe, die Kälte, den Schmerz. Sie holte tief Luft und sprang ins Wasser. Der Blick zum Floß. Den eigenen Atem schier verschluckt dabei.

Er hatte ihren Sprung gehört, das Klatschen im Wasser, war aufgestanden und rief ihren Namen immer wieder.

Rose. Rose. Rose.

Anfeuern wie früher im Sport. Hopp. Hopp. Hopp.

Du schaffst das.

Am Ufer riefen die Leute mit ihm.

Ro. Se. Ro. Se. Ro. Se.

Sie bekam einen Krampf, und alles schien innezuhalten. Als wäre ein Super-Acht-Film im Projektor stecken geblieben.

Das Handy machte einen Mucks unter der Bank. Ein Foto der Tochter, nackt im Meer, mit ausgestreckten Armen.

Frei! hatte sie dazugeschrieben.

Die Aufsätze blieben an diesem Abend unkorrigiert.

FENSTER FLIEGEN

Es war einige Wochen her, seit sie ihn zum ersten Mal gesehen hatte. Er war mit einer Klasse ins Atelier des Museums gekommen. Pola, ihre Teamkollegin, hatte ihm den Ablauf erklärt und dass sie nach der Führung hier an den Tischen umsetzen würden, was sie im Museum entdeckt hätten. Den Schuh mit der roten Samtschleife. Das zerbrochene Gesicht aus lauter Farbfetzen. Den toten Fisch auf einem Holztisch. Hier würden dann eigene Bilder daraus entstehen. Er hatte genickt. Sich bedankt. Er hatte sich kurz umgesehen, ihre Blicke trafen einander, aber ohne Reaktion. Er hatte sie nicht erkannt. Sie ihn sofort. Fahrig, flüchtig. Die Haare kürzer, die Brauen fast schwarz. Lange Wimpern. Immer schon. Als er mit seiner Klasse das Atelier verlassen hatte und ins Museum gegangen war, hatte sie Pola gefragt, wer das gewesen sei.

Herr Kamp. Von der Heilpädagogischen.

Kirsten sah die Arbeitspläne durch, er kam in zwei Tagen wieder, mit einer anderen Klasse, von zwölf bis zwei. Pola würde mit ihm arbeiten.

Wenn du willst, übernehme ich übermorgen deine Gruppe, dann kannst du auch mal länger Mittagspause machen. Ich habe jemanden für die Kinder. Nur so eine Idee. Was meinst du?

Pola nickte, das wär was.

Als Herr Kamp wenig später mit seiner Klasse zurückkehrte, die Kinder in verfleckten Schürzen verschwanden und sofort wie richtige Künstler aussahen, da wusch Kirsten Pinsel aus, ließ das lauwarme Wasser über ihre Hände gleiten und beobachtete Valentin im Spiegel über dem Waschbecken. Spiegelverkehrt. Es war mehr als zehn Jahre her, Minimum. Sie hatte ihn ab und zu gegoogelt, aber er war nicht zu finden. Sie dachte, er sei vielleicht nach Mexiko, wollte er immer, dort eine Schule gründen, helfen, aufklären. Vielleicht war er Dealer geworden. Oder Yogi. Sie dachte, er sei vielleicht tot, zu viel Alk und so, wobei, dann hätte sie bestimmt etwas von den anderen gehört.

Seine Stimme drang durch das Gemurmel, keine Worte, nur der Klang. Dass Töne nicht altern.

Sie hatte sich nie entschuldigt. Wofür auch. Sie hätte die anderen nicht retten können, sie hätte sich nur mit ihnen verhaften lassen können. Also war sie gerannt, ohne sich umzusehen. Sie war eben schnell.

So würde sie es ihm sagen. Dass sie nicht zurückgeschaut hatte damals. Dass sie gedacht hatte, sie kämen auch.

Er würde ihr sagen, eine Vorstrafe macht dein Leben kaputt.

Dafür siehst du aber glücklich aus.

Du nicht. Ohne Vorstrafe wird man wohl auch nicht glücklich.

Ich bin nicht schuld daran.

Aber du hast uns nicht geholfen.

Kirsten wusste immer, dass sie schuld war.

Zwei Tage später hatte sie ihn angesprochen, so ein Zufall, Pola macht heute länger Mittagspause, drum bin ich für dich da.

Für dich da. Sie hatte extra so geredet, so vertraut. Nach ihrem ersten Vormittag kam Valentin häufiger ins Atelier des Museums, immer dann, wenn sie arbeitete. Sie redeten viel und leise, während die Kinder so was wie Kunst machten, sie redeten, als wäre die gemeinsame Vergangenheit ein Geheimnis. Er half ihr, Pinsel auszuwaschen. Er tat es unbeholfen, alles wurde mit Türkis und Magenta und Azur vollgespritzt, Farben, die dann unter dem Strahl zu Grau vereint im Abaufloch des Beckens in die Tiefe kreiselten. Ein Grau, das zu Kirsten passte, denn in jedem Grau war ganz viel Bunt. Valentin wurde zu Hellgrün. Tulpenblattgrün. Bärlauchgrün. Farngrün. Sie wollte seine Haut unter ihren Händen spüren und ihn mit ihren Brüsten streicheln.

Am Dienstag kann ich auch mal länger Pause machen.

Weil?

Weil dann nur ich in meinem Leben bin.

Er trocknete die Pinsel in einem alten Handtuch ab. Dienstag also. Den nächsten oder übernächsten oder wannauchimmer.

Lieber nicht so bald, dachte Kirsten. Lieber noch alles ausmalen. In aller Ruhe.

Sie wusste, dass er wusste, an was für ein Bild sie dachte. Zwei Menschen, nicht mehr ganz so jung, betterprobt, mittags in einem Hotel hinter zugezogenen Vorhängen, um dem Tag zu entwischen für ein paar Stunden und so zu tun, als wäre alles losgelöst vom bisherigen Leben, als wäre alles viel besser.

Für Kirsten waren die Dienstagsträume bester Sex. Allerbester Sex. Ohne Verhütungsmist, Positionswechselstress, Kussbrei und Kindern, die plötzlich im Türrahmen standen und behaupteten, sie hätten was Schlimmes gehört. Ohne anschließende Blasenentzündung, nach jedem Mal miteinanderschlafen mit wem auch immer diese weinende Blase, die sie wissen ließ, dass Sex im Kopf der beste ihres Lebens war und sein würde für immer und ewig.

Während der Arbeit war ihr Handy auf lautlos gestellt. Aber es zitterte, als würde es erschrecken, wenn jemand anrief oder eine Nachricht schickte. Sobald sie konnte, meistens sofort, außer es waren Kinder im Atelier oder sie mit einer Klasse vor einem Bild in der Sammlung, blickte sie drauf.

Valentin schrieb, *sehen wir uns kommenden Dienstag? Sapperlot.*

Er rettete Wörter von früher, daher Sapperlot. Die Auflösung dazu kam mit dem nächsten Wiedersehen. Stammt von sacre nom, vom heiligen Namen, und bedeutet Überraschung und Verwünschung. Sie spürte, dass Valentin mit diesen Wörtern sie meinte.

Fisimatenten. Meine kleine Fisimatante. Ein Wort, das es nur im Plural gibt. Und es stamme gar nicht von den Franzosen, die hübsche Frauen in ihre Zelte lockten, visitez ma tente. Es habe vielmehr mit Offizierspatenten zu tun, die nur mühsam zu bekommen gewesen seien, so wie Kirsten. Und es bedeute Unsinn. Valentin, stolz auf sein Wissen, das er auswendig lernen musste, um sich und andere damit zu beeindrucken, nannte sie also Unsinn. Gibt es nur in Einzahl.

Moritz schickte eine Nachricht, *komme erst um halb sieben, könnte aber dann mit den Kiddies noch auf den Spielplatz. Ist ja noch hell.*

Die ersten lauen, lichten Abende waren jetzt, also Abendessen vorher.

Sie schickte Moritz einen erhobenen Daumen. Und aus Vorfreude auf Valentin noch rosa Herzen hinterher.

Kommst du auch? Wir könnten doch einen Drink mitnehmen. Freu mich.

Sie erschrak. Er klang fast schon sehnsüchtig wegen läppischer Herzen in Pink, die irgendein Webdesigner in Tokio entwickelt hatte. Kirsten hatte die Idee gehabt, im Museum einen Workshop zu organisieren, bei dem jeder sein eigenes Emoji entwerfen konnte. Emodschi, Emodschi, hatten die Zwillinge gerufen, als sie abends beim Essen Moritz davon erzählte. Was das sei, Emodschi.

Verkehrszeichen für Gefühle, hatte Kirsten erklärt.

Der Workshop kam gut an.

Sie hatte einen Regenbogen aus bunten Stacheldrähten gezeichnet, ihn aber niemandem gezeigt. Es war ihr peinlich gewesen, dass sie immer so unheiter war. Für Tim und Tora hatte sie noch einen Doppelkopf mit zwei Mündern oben und unten entworfen, beide lachend. Valentin war mit seiner Frau gekommen, was Kirsten persönlich genommen hatte. Er hatte sie ihr vorgestellt, Jo, die Frau, hatte gelacht und gesagt, eigentlich Josefine, und ihr die Hand gereicht. Eine große, warme Hand, die zupacken konnte. Ganz anders als Kirstens blasse Schmalhand.

Sie hatte den ganzen Nachmittag lang zwischen den Bildschirmen und Staffeleien und Köpfen, die sich über Papier beugten, den Blick mit Valentin gesucht. Ein paarmal trafen sich ihre Augen. Was Kirsten derart aufkratzte, dass sie ihm spezielle Filzstifte brachte und dabei seine Hand berührte. Wieder ein Blick. Der Emoji-Nachmittag hatte sich für sie zu einem lachenden Doppelsmiley mit tausend Herzchen und Partyhütchen gewandelt.

Valentin und Jo waren irgendwann verschwunden, grußlos, Kirsten hatte ihm eine Nachricht geschrieben, hier seien noch Zeichnungen übrig ohne Namen, ob die von ihm seien? Sie schickte ein Foto von ihrem Regenbogen.

Er schrieb, *Figelinsch!*

Kirsten kannte das Wort nicht.

Am Abend hatte Moritz sie und die Zwillinge im Museum abgeholt. Er wollte sehen, was alles entstanden war. Kirsten gab den Kindern großes Restpapier, sie legte es auf den Boden und dann die Kinder drauf, umkreiste ihre Körper mit einer blauen Kreide. Die Zwillinge kicherten, das kitzelt. Mach weiter, Mama. Danach durften sie sich selbst ausmalen. Zwei kleine Menschen, die aus Kirsten und Moritz eine Familie machten und damit eine Einheit. Eine Verbindung, die halten musste. Mindestens bis sie volljährig waren. Noch vierzehn Jahre.

Moritz fand alles toll und Hammer. Du hast einen Traumjob, keine bescheuerten Kunden, die jeden Pitch versauen. Du machst deine Leutchen glücklich.

Noch vierzehn Jahre, dachte sie.

Und du? Hast du auch was gemacht heute? Ein Emoji?

Sie zeigte ihm den Doppelsmiley.

Mehr nicht?

Dann halt.

Sie legte den Regenbogen aus Stacheldrähten auf den Tisch.

Moritz fragte, Amnesty International?

Sie schüttelte den Kopf, wir.

Es war ihr Dienstag. Valentin hatte sich um alles gekümmert. Das Hilton am Flughafen. Auf seinen Namen. Um zwei Uhr, dann haben wir schön Zeit. Weil Kirsten offiziell bis um sechs arbeiten würde und Pola bereit war, für sie einzuspringen. Kirstens Ausrede war ein Zahnarzttermin, Plombe rausgebrochen, Pola nickte, tut's weh?

Ein bisschen.

Valentin schrieb ihr, *Zimmer 734. Siebter Stock. Ich kann die Flugzeuge sehen beim Starten und beim Landen.*

Sie löschte die Nachricht, wie immer sofort. Sie ärgerte sich, dass er schon dort war, sie hatte ihn in der Lobby treffen wollen, inmitten fremder Menschen, die keine Augen hatten für dieses Liebespaar. Nur schon der Gedanke daran, ihm geplant zufällig zu begegnen, brachte Kirsten seit Tagen zum Lachen.

Moritz meinte, der Frühling tut dir gut. Du strahlst irgendwie.

Sie hatte mit Valentin im Lift fahren wollen und sich zufällig an ihn schmiegen und kein Wort dabei wechseln und dann, bevor sie ins Zimmer gegangen wären, hätte sie sich noch mal kurz umgesehen, den Flur entlanggeschaut, ob auch niemand Zeuge geworden war von dem, was sie tun wollte.

Einfach mal den Mann betrügen.

War doch keine Sache.

Taten doch alle mal.

Zimmer 734. Dunkelbrauner Teppichboden, Fotokunst an den Wänden in Schwarz-Weiß. Das Handy stellte sie auf Flugmodus. Sie wollte an die Tür klopfen, musste sie aber nicht, sie lehnte nur an. Sie schob sie auf. Valentin saß auf dem Bett, den Rücken ihr zugewandt, den Blick seitlich auf den Flughafen gerichtet, nackt. Auf dem Tisch neben ihm eine Flasche in einem silbrigen Kübel, zwei Gläser, eines voll, eines leer.

Da landet grad einer. Er drehte sich zu ihr und sagte, ich bin aufgeregt.

Das Gegenteil von Leitplanke.

Sie stürzte sich auf ihn, kratzte ihn aus Versehen und dann extra am Rücken, sie lagen am Boden, wühlten sich durch Laken und Kissen, pressten sich ans Fenster, das von der Decke bis zum Boden reichte, kurz dachte sie, was, wenn die Scheibe rauskrachen würde und sie beide auf dem Glas vereint wie auf einem fliegenden Teppich hinunterfliegen würden und alles das Ende wäre?

Er sagte nach langer Atemlosigkeit und verschwitzter Haut, erschöpft auf dem Teppich liegend, ich mach uns ein Schaumbad. Sie versanken beide im heißen Wasser, die Blasen platzten und knisterten dabei, sie sahen sich an, es war eng in der Wanne. Sein magerer Körper inmitten des glitzernden Schaums, als läge er nackt in frisch gefallenem Schnee, gefiel ihr nicht mehr.

Sie hatte einfach nur wissen wollen, wie es so war mit einem anderen. Sie hatte ihm nichts mehr zu sagen, und er wollte reden.

Figelinsch heißt, etwas mit Fingerspitzengefühl anfassen.

Sie stand auf, stützte sich an der Wand ab, alles so glitschig, trocknete sich ab, ging aus dem Bad, zog sich an, er blieb in der Wanne.

In der Lobby schaltete sie den Flugmodus aus.

Ein Foto von Tora und Tim im Sandkasten.

Sie schrieb Moritz, dass sie auf den Spielplatz kommen würde, sie sei früher fertig.

Bring noch 'ne zweite Schaufel mit, die kloppen sich hier grad gegenseitig.

Kleine Monster halt.

Große Monster auch.

Moritz schickte ihr rosa Herzen, als wüsste er, warum.

KRANKE RÄUME

Schon wieder diese Telefonnummer, die sie nicht kannte. Bereits drei Mal war sie auf ihrem Handy erschienen. Sie sah sich um. Das Großraumbüro halb leer, leise Stimmen, von filzbespannten Trennwänden verschluckt, das Licht hellgrau ohne Zeitgefühl. Die Jalousien schlossen sich automatisch, wenn die Sonne schien. Dieses elektronische Surren, sobald auch nur ein Strahl vom Himmel auf das Hochhaus fiel. Rita zuckte jedes Mal zusammen. Um ihre Knochen zu stärken, rannte sie abends vor der kurzwelligen UV-Leuchte auf dem Laufband. Wenn sie keine Pumps mehr trug, kein Kostüm mehr, keinen BH mehr, wenn sie den Büropanzer abgelegt hatte, dann gaukelte ihr diese Stromsonne vor, sie sei im Freien.

Und wieder das Blinken des Handys neben ihrem Computer.

Es reichte. Sie musste. Sie sagte, Riedner.

Frau Riedner? Rita Riedner?

Sie haben einen Sechser im Lotto, sie brauchen eine neue Versicherung, ihr Handy-Abo ist viel zu teuer.

Ja. Riedner.

Gerstner, guten Morgen, bitte entschuldigen Sie die Störung. Ich bin von der Baugenossenschaft. Es geht um die Wohnung Ihrer Mutter.

Ja, und? Rufen Sie sie an, Sie haben doch ihre Nummer.

Sie geht nicht ran.

Rita senkte sich über den Tisch, ging hinter ihrem Bildschirm in Deckung, hielt die Hand übers Handy.

Wie, nicht ran?

Die Stimme am anderen Ende fragte, haben Sie einen Augenblick Zeit?

Es war fünf Jahre her, seit sie das letzte Mal zu Besuch bei ihrer Mutter gewesen war. Im letzten Herbst hatte sie ihr einen großen Strauß geschickt. Fleurop Colourful Wishes. Für einen Fünfer extra mit Karte und persönlichem Text. *Happy Birthday Mechthild. Zum 65. alles Gute wünscht dir deine Tochter Rita.*

Sie hatte nie etwas von ihr gehört. Kein Dankeschön. Dabei war das mit Sicherheit der größte Strauß, den ihre Mutter je bekommen hatte. Wahrscheinlich hatte sie nicht mal eine passende Vase gehabt und die Blumen in den Putzeimer gestellt oder in den Kochtopf. Oder auch gar nicht. Einfach liegen und verwelken lassen irgendwo in der Wohnung.

Die Stimme an ihrem Ohr, könnten Sie mal nachsehen? Da stimmt was nicht.

Wie bitte? Ich soll mal schnell vorbeikommen? Wissen Sie, wo ich lebe? Ich kann doch nicht einfach weg hier. Das geht nicht. Ich arbeite.

Kurze Pause.

Dann werden wir den Hausmeister in die Wohnung schicken müssen. Und wohl auch die Polizei.

Polizei? Wieso denn das?

Es riecht.

Sie meinen jetzt aber nicht ...?

Doch. Und die Miete fehlt seit drei Monaten.

Rita buchte den Flug am Abend, sagte Lukas, sie müsse wohl oder übel. Zur Premiere könne er ja allein.

Er nahm sie in den Arm, atmete ihr in den Nacken. Soll ich besser mitkommen?

Nein, ich mach nur kurz. Wird schon.

Und dein Ticket?

Kannst du verschenken.

Im Büro für Schadenfälle Bauherrenhaftpflicht hatte sie zwei Ferientage eingereicht. Gut, dass Sie Überstunden abbauen. Wird langsam Zeit, sagte die Frau im Personalbüro, auf deren Schreibtisch bemalte Steine lagen. Marienkäfer.

Der Flieger war halb leer, Rita saß am Fenster, legte ihre Wange dran, spürte die Kälte, schloss die Augen. Aus dem Nichts also heim.

Sie landete pünktlich, die langen Rollbänder schoben sie durch die Anflughalle zum Ausgang, sie wäre am liebsten weitergefahren, immer weiter auf diesem Band, das einen auch rückwärts vorwärtsbrachte, sie stolperte fast beim Übergang der gerillten Metalltritte zum stillstehenden Boden.

Sie hatte nur Handgepäck, fuhr mit der S-Bahn ins Hotel nah beim Bahnhof. Der Rollkoffer ratterte hinter ihren Fersen her wie ein treues Hündchen. Sie holte sich Sushi, aß im Schneidersitz auf dem Bett, facetimte mit Lukas, fotografierte die schlechte Kunst an der Wand von einem Baum an einem See. Sie machte ein Foto von der Minibar und schrieb Lukas *Prost.* Sie nahm Cola Zero.

Dann schaltete sie den Fernseher ein, sah nicht hin, dachte an die Frau, wegen der sie hier war. Hier und auf der Welt. Die Tentakel der Gefühle züngelten nach einer Regung.

Fanden aber keine.

Als sie um Mitternacht die Glocken hörte von den viel zu vielen Kirchen, stand sie auf, zog sich ihre Laufschuhe an, die Jogginghose, Sweatshirt, Handy, Kopfhörer, fotografierte den Code für die Eingangstür, um wieder ins Hotel zurückzukönnen, und rannte durch die Stadt, die mal ihre Heimat gewesen war. Nach Hause. Ohne aus dem Atem zu kommen.

Der Wohnblock fast dunkel, nur wenige Zimmer mit Licht, bei einigen blaues Flimmern. Sie trat zum Eingang, blickte sich um, sie wollte nicht bemerkt werden und las rasch das Klingelschild. Riedner M&R. Die anderen Namen kannte sie bis auf wenige nicht mehr. Sie hastete zurück zum Straßenrand. Die Nähe zur Wohnung ihrer Kindheit engte sie ein. Dass Menschen so lange am selben Ort lebten. Rita zog um, sooft sie konnte. Immer wenn sie genügend Geld hatte, suchte sie sich eine neue Wohnung in einer anderen Gegend. Sie mochte es nicht, wenn die Frau an der Kasse ihren Namen kannte, sie mochte es nicht, wenn die Hunde der Nachbarn auf sie zurannten, als wären sie alte Bekannte. Sie mochte es nicht, nah zu leben. Sie wollte nie mit Lukas zusammenziehen. Er auch nicht mit ihr. Wir sind das bessere Paar, wenn wir getrennt leben. Ihre Freunde, die so lebten, wie es alle taten, schwärmten von ihrer Freiheit: zwei Wohnungen, ein Traum! Ihr habt's gut, man muss sich das aber auch leisten können, und geht halt nur ohne Kinder, sagten die Freunde, die so lebten, wie es alle taten, ohne sich zu fragen, warum.

Es war keine Freiheit, es war für Rita die einzige Möglichkeit, mit einem Menschen zusammen zu sein. Rita und Lukas spotteten über die Zwangsehen, gekrönt von perfekten Kindern, die nur nervten, sie lästerten über die sündhaft teuren Fahrradanhänger, in denen der Nachwuchs durch die Stadt gekarrt wurde. Weißt du, warum die ihre Kinder hinter sich herziehen? Weil sie sie gar nicht sehen wollen. Sie wollen nicht sehen, wie sie auf dem Kopfsteinpflaster durchgerüttelt werden, wie ihnen die Abgase direkt vom Auspuff in den Schnullermund geföhnt werden, wie sie ihre Schmusetierchen verlieren während der Fahrt, wie sie weinen und nicht getröstet werden, wie sie wie Pizza geliefert werden. In Kitas, zu Nebenvätern, Großeltern, Geburtstagspartys. Sie malten sich diese Angsthasen in ihren Glückskäfigen aus, diese überforderten Menschen, die zwanghaft Erwartungen erfüllten. Schlaftrunkene Elternleben. Eine verbale Wonne, die sie verband. Ihre Liebe wurde durch die gemeinsamen Feindbilder genährt. Selber schuld, sagten sie und tranken ihren Ingwerorangenkarotten-Smoothie mit frischer Minze.

Als sie sich vor unendlich langer Zeit während der Pause eines Theaterstücks an der Bar im Gedränge kennengelernt hatten …

Er, auch Prosecco?

Sie, die Augen verdrehend, Espresso. Sonst steh ich das nicht durch. Was für eine Folter!

… da hatte er sie später am Abend gefragt, ob sie mit ihm gehen wolle, und sie fand, lieber rennen. Seit damals waren sie ein Paar. Sie legten joggend Kilometer in der Stadt zurück, sooft es ging, sie verabredeten sich in der Mitte, beobachteten auf dem Handy, wo der andere war, sahen sich am See im Park aus der Ferne und legten an Tempo zu. Ihr Ziel war immer, gleichzeitig anzukommen, egal, von wo aus sie gestartet waren. Sie rannten in New York zweiundvierzig Kilometer mit fünfzigtausend anderen. In vier Stunden dreiundvierzig Minuten. Ritas Passwort für alles. 4432019.

Lukas sagte, mein Passwort bist du. Sie glaubte ihm nicht, aber das war auch nicht wichtig für sie.

Im vierten Stock wurde das Licht ausgeschaltet. Eine Person erschien im Dunkeln am Fenster und sah heraus. Rita überlegte. Es könnte eine Küche sein, die Person zog die Gardine zu und verschwand. So, als hätte sie sich von Ritas Blick ertappt gefühlt.

Sie joggte zurück durch die Straßen, vorbei an einem Spielplatz, den es früher nicht gegeben hatte, an der Tankstelle mit Vierundzwanzig-Stunden-Service. Sie kaufte sich Reiswaffeln, verlangsamte ihr Tempo, aß sie im Gehen, sah den Bahnhof, an dem immer Menschen wuselten, selbst dann, wenn sie kein Zug mehr von hier nach woanders bringen und auch niemand ankommen würde.

Die Nacht im Hotelbett traumlos und leer. Wie nicht vorhanden.

Am nächsten Morgen holte sie beim Hausmeister den Schlüssel. Er trug einen grauen Übermantel, ausgebeulte Taschen, ein Zeichen für seine Wichtigkeit.

Wollen sie wirklich alleine rein? Das kann ein schlimmer Anblick sein.

Der Briefkasten ihrer Mutter vor dem Haus übervoll. Bunte Reklame. Grill für den Hammersommer, der kommen wird. Jetzt zuschlagen! Frühling ist der neue Hochsommer. Palmen zum Aufblasen. Schwimmringe für Bierdosen.

Der Wohnblock erschien ihr bei Tag kleiner als in der Nacht, auf den Balkonen Tibetfahnen, Satellitenschüsseln, das Fenster mit der Gestalt von gestern Nacht: unauffällig, Gardine und Blumenkästen. An der Fassade unterhalb des Fenstersimses braune Linien, von Erde, die bei Regen aus den Geranienkisten gespült worden war, wie verlaufene Wimperntusche auf der Wange einer Enttäuschten.

Sie waren hierhergezogen, als ihr Vater genug hatte von ihnen beiden. Er hatte eine neue Familie mit einer frischen Frau, einer, die immer glatt geföhnte Haare hatte. Rita war ihm heimlich gefolgt und hatte ihn beobachtet in seinem neuen, polierten Leben. Er hatte sich nie mehr bei ihnen gemeldet, nicht zum Zehnten, nicht zum Schulabschluss, nicht zum Zwanzigsten. Er lebte in der Nähe, einmal waren sie sich auf dem Wochenmarkt begegnet.

Hallo Rita, auch beim Einkaufen? Na dann, tschüss.

Rita war danach aufs öffentliche Klo gerannt und hatte in die versiffte Schüssel gekotzt. Damit war für sie der Vater tot.

Ob die Mutter tot war?

Verwest im Bett liegend?

Verkrümmt auf dem Boden?

Mit Flasche in der Hand?

Ob sie den Anblick verkraften würde?

Der Hausmeister sagte, ich kann zuerst rein, wenn Sie wollen. Sie war ja nicht meine Mutter.

Wieso war?

Rita sagte, danke, geht schon, ich bring Ihnen den Schlüssel nachher ins Büro zurück.

Dann allein im alten Nest, das keines gewesen war, sondern eher eine Überbrückung, bis alles wieder ins Lot kommen würde. So hatte Mechthild immer geredet, alles ins Lot bringen, einen Job finden und einen neuen Mann. Alles wird gut, Ritterin!

Nichts davon wurde gut.

Das Gute an schlechten Müttern, hatte Rita zu Lukas gesagt, man will nicht werden wie sie. Kein bisschen. Lukas hatte ihre Mutter nie kennengelernt, in der ganzen langen Zeit nicht. Für ihre Hochzeit vor ein paar Jahren hatten sie beschlossen: alle außer Familienmitglieder, Langweiler und Kinder. Es waren nicht viele Gäste.

Rita hatte ihre Mutter selten besucht und immer alleine. Immer nur für zwei Tage. Immer derselbe Ablauf. Sie lud

Mechthild zum Mittagessen ein. Danach fuhren sie mit dem Schiff über den See. Anschließend kaufte sie für Mechthild neue Kleider, Staubsauger, Grünpflanzen, Wasauchimmer. Am Tag danach machte die Mutter in ihrer Wohnung Frühstück, Spiegelei mit Bratkartoffeln. Die leeren Flaschen auf dem Balkon in Tüten unter alten Zeitungen versteckt. Sie trinke nicht mehr. Die Flaschen seien von früher. Bin noch nicht dazugekommen, sie zu entsorgen.

Das war der Korken, der wegploppte und ihre Enttäuschung überschäumen ließ.

Lüg mich nicht an, ich bin nicht doof, ich seh doch, dass du zitterst.

Und du, immer so perfekt, du hast doch gar keine Gefühle. Wie hart du bist, das warst du immer. Ein Stein. Das bist du. Nicht mal zur Hochzeit hast du mich eingeladen.

Und du hast meinen zehnten Geburtstag vergessen.

Ich war krank.

Du warst besoffen.

Die Bratkartoffeln stehen lassen, aus dem Haus rennen, Lukas anrufen, vor Wut keuchen, Flieger umbuchen. Alle paar Jahre derselbe Ablauf, zuletzt vor fünf Jahren.

Die Wohnung still. Und noch voller als das letzte Mal. Keine Luft.

Rita kramte in ihrem Rucksack nach Parfum, sprühte ein Taschentuch voll und hielt es sich vor die Nase. Sie öffnete die Fenster. Dann ging sie in Zeitlupe durch die Räume. In der Küche Fliegen am Boden, tote. Ein Müllsack, aus dem es lebte. Im Bad das Glucksen einer Spülung, die lief und lief.

Sie drückte den Hebel, das Glucksen verstummte. Im Wohnzimmer vertrocknete Gummibäume, eine Orchidee war umgekippt vor Durst, der Stängel ragte blütenlos wie ein dürrer Finger in den Raum. Ihr ehemaliges Zimmer nur noch Abstellraum, im Chaos ein Koffer, ihr Koffer, pink, mit Rollen und Griff zum Herausziehen, mit dem sie die einzige Flugreise zusammen unternommen hatten. Sieben Tage Mallorca. Rita hatte endlich auch mal in der Schule sagen können, wir fliegen in die Ferien. In ein Hotel mit Pool und Disco und Buffet.

Sie hatte sich am ersten Tag die Schultern verbrannt, dicke Wasserblasen hatten sich gebildet, ihr Bikini in Neongelb hatte die gerötete Haut aufgescheuert. Mit T-Shirt lag sie am Pool unter einem Sonnenschirm aus Bast und blätterte durch *Mädchen.* Sie las alles über Petting. Sie fand das Wort Orgasmus widerlich, den Fotoroman mit Zungenkussnahaufnahme eklig. Eklig toll. Mechthild brachte Drinks an den Pool. Ihre Gläser klirrten aneinander.

Auf uns, Süße!

Mechthild wurde braun, zeigte ihre Bikinistreifen über den Brüsten, an ihrem Hals funkelte die Kette mit dem Peace-Zeichen in der Sonne. Sie winkte zur Bar. Paolo hat einen Job für mich, wir könnten hierbleiben, ein neues Leben anfangen, die haben eine internationale Schule in Palma.

Rita bekam eine Mittelohrentzündung. Sie musste im Hotelzimmer bleiben, sie las, sie lauschte. Hörte das schrille Lachen ihrer Mutter unten am Pool, die in diesen Ferien nur zweimal mit ihr im Zimmer geschlafen hatte.

Damit du gesund werden kannst.

Auf dem Rückflug hatte sich Mechthild Gin Tonic bestellt, weil das zum Fliegen gehörte. Du auch? Rita hatte Druck in den Ohren gehabt, wie eine glühende Nadel, die sich tief in den Kopf bohrte, durch die Gedanken ins Gehirn. Eine Stewardess hatte ihr Nasenspray und Schmerztabletten gebracht. Mechthild hatte geschluchzt, ich will nicht heim. Ich will nicht weg.

Ich will nur weg, so schnell wie möglich, hatte Rita gedacht und den Kopf nach hinten gelegt, damit das Spray tief reinfließen konnte und die Schwellungen kleiner wurden und die Luft wieder durch alle Nebenhöhlen strömen würde.

Das Schluchzen der Mutter im Ohr. Die Nase wurde frei. Sie roch den Gin.

Das waren ihre letzten Ferien zusammen gewesen.

Die Wohnung lag wie in einem Dämmerzustand, als hätte sie Grippe. Die Küche, das Kinderzimmer, das Wohnzimmer. Jeder Raum hatte Schmerzen. Überwuchert mit Zeitungen, Büchern, Kleidungsstücken, Kreuzworträtseln, Schundromanen, Videokassetten. Durch die offenen Fenster hauchte milde Frühlingsluft herein, schob die alte Luft vor sich her. Ritas Beine schlingerten, als würde ein Tonband zu langsam laufen. Sie stützte sich an der Wand ab. Aus dem Treppenhaus hörte sie Kinderstimmen, rennende Füße, Gelächter, dann die Haustür, die ins Schloss fiel.

Wumms.

Wie früher, immer diese Tür, die jeden Kommenden, jede Gehende mit einem Wumms kommentierte.

Der letzte Raum. Das Schlafzimmer. Sie öffnete die Tür. Langsam. Fast wollte sie flüstern, Mama. Sie behielt das Wort in ihrem Mund, als wäre es fettiges Fleisch, das sie nicht runterschlucken und nicht ausspucken konnte. Mama war ein Klumpen.

Das Bett wie frisch gemacht, die Tagesdecke säuberlich darübergelegt. Ein Mandalamuster, auberginenfarbig, Batik.

Keine verweste Mutter.

Dabei hatte Rita mit ihr gerechnet. Sie hatte fest damit gerechnet, dass ihre Mutter tot war. Sie hatte sich auf ein Bild eingestellt, das sie nie mehr aus ihrem Kopf würde löschen können. Ein Bild, von dem sie Lukas immer wieder erzählen würde, und er würde sagen, du hättest sie fotografieren sollen.

Ich konnte nicht. Es war zu schlimm.

Schlimmer als in *Die Stunde der grausamen Leichen?*

Viel schlimmer. Es war kein Film, das war das Problem.

Rita sah auf das Bett. Sie wäre bereit gewesen, ihrer Mutter zu begegnen, in welchem Zustand auch immer. Es wäre für sie gut gewesen. Besser jedenfalls als dieses Fehlen von Mutter.

Sie schrieb Lukas, *sie ist weg und ich hasse sie dafür.*

Er schrieb, *du bist weg und ich liebe dich dafür.*

Dann klingelte ihr Handy, Lukas redete und sagte, sorry, das hast du jetzt total falsch verstanden, ich meinte, dass du weg bist, dass du das alleine machst, das finde ich so mutig von dir.

Warum schreibst du dann nicht, dass du mich mutig findest?

Weil ich das andere witziger fand.

War's nicht.

Sie drückte ihn weg, öffnete die Balkontür und legte sich auf das Bett. Sie sah den Raum so, wie ihn ihre Mutter immer gesehen hatte, wenn sie lag. Was sie oft tat. Am helllichten Tag, wenn Rita aus der Schule gekommen war, wenn andere Mütter Mittagessen gekocht hatten, lag sie da und sagte, pscht, nicht so laut!

Die Fotos an der Wand mit festgehaltenen Augenblicken, die nach Glück aussahen. Das Polaroid vom Jahrmarkt mit der großen Zuckerwatte, hinter der nur ein Auge von Rita zu sehen war. Ein kleines, braunes Kinderauge, das nie gefragt worden war, ob es ihm gut gehe, dem Auge und den achtunddreißig Kilogramm Mädchen dazu.

Sie drehte den Kopf nach links zum Nachtkästchen, die Lampe, der Wecker, tickend, als wäre alles wie immer, die Tabletten gegen Traurigkeit. Der Vorhang wölbte sich im Wind, tanzte durch den Raum, lebendiges Gewebe im Sonnenlicht.

Sie drehte den Kopf nach rechts, spürte das Kissen unter der Tagesdecke, hörte es knistern. Sie setzte sich auf, hob die Decke, das Kissen, sah den Brief, erkannte die Schrift.

Für meine Ritterin.

Mama.

Rita fragte den Hausmeister, ob sie den Schlüssel länger haben könne. Sie rief bei der Verwaltung an, sagte dem Herrn Gerstner, dass sie die Miete bezahle, sie brauche eine Kontonummer.

Also die drei letzten Monate und auch die nächsten?

Ja, auch die nächsten. Ab wann hat ein verschwundener Mensch kein Recht mehr auf eine eigene Wohnung?

Herr Gerstner wusste keine Antwort, nannte die Nummer, den Namen der Bank.

Sie ist weg, sagte sie zu Lukas am Telefon, einfach weg.

Geh doch zur Polizei, die finden sie schon.

Ich will gar nicht, dass sie sie finden, ich will einfach nichts mehr mit ihr zu tun haben.

Kann ich verstehen, aber jemand, der weg ist, ist auch noch da. Nur wenn jemand tot ist, ist er wirklich deleted.

Vielleicht ist sie gar nicht tot.

Sondern?

Verschwunden, verloren, verwandelt. Nicht mal richtig sterben kann sie, wie mich das nervt. Du, kannst du bei mir daheim mal lüften? Ist es bei euch auch so seltsam warm?

Total. Ich hab heute einen Schmetterling gesehen.

Die Welt spinnt.

Wir sind die Welt.

Rita kaufte große Tüten im Supermarkt um die Ecke, sechzig Liter, Etiketten, Filzstifte, Cola Zero, Nüsse, Joghurt. Sie hatte erst überlegt, einer Firma die Entrümpelung zu übertragen, dann hätte sie es auch noch geschafft, mit Lukas zur Premiere zu gehen. Aber diese zarte Berührung von Papier unter dem Kopfkissen hatte sie davon abgehalten. Sie hatte am Kuvert gerochen und wurde erinnert, an etwas ganz Fernes. An eine Frau, die sich über sie beugte, eine Nasenspitze, die ihre Wange streichelte, eine warme Hand an ihrem Kopf, und hinter der Frau war es hell, und die Frau summte.

Sie ging zurück zum Wohnblock, hörte die Kinder im Park schreien, sie ließ ihre Jacke offen, spürte den Wind um ihren Körper streichen, sie blieb kurz stehen, holte die Sonnenbrille aus ihrem Rucksack, berührte das Kuvert, das sie nicht alleine in der Wohnung hatte lassen wollen. Sie sah zum Himmel, weiße Spuren, die sich kreuzten und auflösten. Kein Blau dahinter, sondern Gelb.

Später buchte sie im Hotel weitere Nächte und sagte ihren Rückflug ab. In der Firma beantragte sie eine Woche Ferien. Die Frau mit den Marienkäfern auf dem Tisch sagte, das sei gut so, und fragte, wohin geht denn die Reise, Frau Riedner? Schöne Ferien!

Sie schrieb auf die Etiketten *Glas. Papier. Dosen. Schrott. Gratis.* Sie schob die Sachen aus Schränken direkt in die Tüten, kippte Schubladen leer, wühlte flüchtig durch Kleider, durch Schächtelchen. Ein Leben voller Kram. Aber nichts, was sie hätte behalten wollen. Die Ketten im Bad, die an einer Hand aus geschwungenem Draht hingen, den Schmuck in der Schachtel mit funkelnden Steinchen, sie ließ alles in die Tüte *Gratis* rutschen. Nur die Kette mit dem Peace-Zeichen nicht. Sie kam außer Atem, wurde staubig, machte keine Pause. Das weggeworfene Leben der Mutter, jetzt von ihr mit beiden Armen, mit beiden Händen nochmals weggeworfen.

Im Treppenhaus immer wieder Geräusche von Menschen, Rita wollte niemanden sehen. Einmal hatte sie die Tür nicht ganz geschlossen, als eine junge Frau rief, hallo, darf ich stören? Die Frau, deren rot lackierte Nägel perfekt zum Lippenstift passten, fragte Rita, ob sie hier einziehe.

Rita wusste keine Antwort.

Oder ob die Wohnung frei werde. Weil sie vielleicht eine suche für sich und die Kinder.

Rita sagte, tun Sie es nicht!

Was?

Trennen.

Rita hatte sich für das Hotel einen Wasserkocher gekauft, sie aß Tütensuppe, schickte Lukas Fotos von der dampfenden Suppe Frühling von Knorr im Zahnputzglas.

Dass du so was kannst! Er schickte applaudierende Hände zurück. Du wirst noch richtig Trash.

Sie telefonierten mit eingeschalteter Kamera. Er legte sich Austernpilze aufs Gesicht, sagte, ihre Haut erinnert mich an deine.

Dass sie länger bleibe, kein Problem, dass sie das alles alleine mache, super. Echt super!

Bist halt eine Gründliche, gibst nichts gerne aus der Hand, hatte er ihr gesagt, sie sah ihn auf dem Handy ganz nah, hörte seinen Atem, realisierte, dass sich etwas im Raum bewegte.

Wann sie wiederkomme?, wollte er wissen.

Sie fragte ihn, ob er sich immer noch sicher sei, so ein Leben ohne Kinder?

Er schwieg, nahm die Pilze von seiner Wange, von seiner Stirn und sagte, schon. Doch.

Am Abend rannte sie am Fluss entlang zum Bahnhof, sie hatte ein Foto von Mechthild im Rucksack. Ihre Mutter lachend, in einer pinken Bluse, es musste etwa zehn Jahre alt sein. Sie wusste nicht, wen ihre Mutter angelacht hatte. Ein verliebtes Lachen. Wir kannten uns gar nicht, dachte Rita, als sie das Foto im Nachtkästchen entdeckt hatte und es nicht in den Müll warf.

Sie kam an Menschen auf Bänken vorbei, manche waren ineinander verschlungen, andere lagen auf dem Boden auf Decken und rauchten. Der Pavillon im Park, Treffpunkt für jene, die irgendwann hier gestrandet waren, aus Versehen oder so. Bierflaschen, Musik, Hunde. Sie drosselte ihr Tempo, ihr kamen all die Morde in den Sinn, die sie und Lukas gesehen hatten, je brutaler, umso besser, Horrorfilme am Wochenende, sich gruseln, aneinander kleben, Augen schließen, Angst haben, schreien, Gänsehaut bekommen, sich selbst spüren und Lukas spüren.

Sie hielt inne, fragte einen Mann, der im Mund nur noch Lücken hatte, ob er diese Frau kenne.

Warum?

Wie im *Tatort,* dachte Rita.

Weil das meine Mutter ist.

Und wenn schon.

Ein anderer kam dazu, fragte nach Geld, nach Polizei, sagte Süße. Wer das sei, da auf dem Foto, wollte er wissen. Ihre Mutter, sagte der Leermund.

Zeig mal.

Er nahm das Foto in die Hand. Rita nahm es ihm wieder weg. Seine Finger gelbgrau.

Doch, die habe ich mal gesehen.

Wie in einem schlechten Film, dachte Rita.

Vor Monaten. Hatte ihren Hausschlüssel verloren, war keine von uns, viel zu schön, hat dann hier übernachtet, war ganz schön kalt. Kam dann noch mal, ich mochte sie, und dann hat sie erzählt, dass sie eh keinen Schlüssel mehr haben müsse, weil sie verreisen wolle.

Wohin?

Na, weg halt. Wo's wärmer ist.

Die Tüten stapelten sich im Schlafzimmer, das Bett begraben unter Dingen, die im Leben ihrer Mutter eine Rolle gespielt hatten. Die anderen Räume wurden heller. Die Wohnung wurde jünger. Rita öffnete den Schrank in ihrem ehemaligen Kinderzimmer, das zur Rumpelkammer verkommen war. Puzzle, 1000 Teile, zwei Babykätzchen in einem Korb. Damals an Weihnachten, nach Papas Auszug, hatte sie es von Mechthild bekommen. Sie hatten im Wohnzimmer extra den Balkontisch aufgebaut, damit das Puzzle liegen bleiben konnte. Die Ecken, zuerst die Ecken, dann den Rand, das hatte Mechthild gesagt, und Rita gefiel diese Ordnung. Dieses Von-Grund-auf-richtig-Machen. Rita saß versunken vor den Teilen, nach der Schule wollte sie sofort weitersuchen, sie sortierte alles nach Farben, nach Fell, nach Korb, nach Wand. Mechthild hatte schon lange nicht mehr mitgeholfen, hatte gesagt, es würden Teile fehlen, eine Schweinerei sei das. Als Rita ein Katzennäschen zusammengesetzt hatte, nahm Mechthild die Teile, warf sie zurück in die Schachtel und sagte, der Frühling kommt, wir brauchen den Tisch.

Rita schmiss das Puzzle in den Müll. Weiter unten zwischen Diesunddas tauchte ihr Poesiealbum auf. Sie hatte es in der dritten Klasse bekommen. Sie versuchte, das Schloss zu öffnen, dessen winziger Schlüssel irgendwann verloren gegangen war, sie musste daran ruckeln, dann löste sich das Scharnier.

Auf der ersten Seite ein Foto von Rita mit Zahnlücken.

Auf der zweiten Seite:

Für meine Ritterin

Wenn es ein Unkraut durch den Asphalt schafft, dann wirst auch du deinen Weg finden.

Deine Mama, die dich lieb hat von hier bis zum Ende der Welt

Auf der folgenden Seite klebte eine Postkarte von einer Blumenwiese mit einem Pony, das in den Blüten zu versinken schien, rechts daneben stand, *Rosen, Tulpen, Nelken, alle Blumen welken, nur die eine nicht: Vergissmeinnicht. Deine Inge.* Eine Frau Schuppe, die damals ihre Lehrerin war, fand, dass das Leben ein Würfelspiel sei. Und Herr und Frau Schuster schrieben, dass sie so ein fleißiges, braves Mädchen sei und jederzeit in den Schrebergarten kommen dürfe.

Die restlichen Seiten im Poesiealbum, also die meisten, waren leer.

Du, ist was?, facetimte Lukas.
Wieso?
Weil ich nichts von dir höre.
Ich bin halt voll dran.
Und? Geht's?
Gut, immer besser.
Sie schwenkte das Handy durch den leer geräumten Raum.
Und bei dir?
Auch gut, die Premiere war genial, hätte dir gefallen, sehr brachial.
Und, mit wem warst du?
Allein, wieso?
Na, und mein Ticket?
Hab ich in der Agentur verschenkt.
Und wem?
Bist du etwa misstrauisch?
Vergiss es.

Rita fing an zu beben. Über ihr Gesicht tropfte etwas von irgendwoher. Sie musste raus, brauchte Luft, rannte aus dem Haus, durch den Park, sie schrie Bäume an. Sie schlug den Boden. Sie warf mit Sand um sich. Sie trat immer wieder gegen einen Abfallkübel, bis er schräg an der Stange hing. Sie taumelte, schwankte, kreiselte zu Boden. Sie grub ihre Hände in die Erde, krallte Gras, presste ihre Stirn in den Dreck.

Sie leckte ihre Hände ab. Sie merkte nicht, dass Menschen näher kamen. Kinder vom Spielplatz, mit Eimerchen, Schaufeln, laufenden Nasen und Müttern.

Was ist denn mit der?

Können wir Ihnen helfen?

Die ist ja komplett verladen.

Ein Junge rief, Pennerin! Pennerin! Pennerin!

Das warme Wasser unter der Dusche wusch den Dreck von ihrer Haut, es floss über ihre Haare, ihre geschlossenen Augen, über ihren Bauch. Sie drehte den Hahn immer heißer, ließ die Arme hängen. Sie wusste nicht, wie sie jemals wieder aufhören würde zu duschen. Wie sie das Wasser abstellen sollte. Es gab keinen Grund. Sie war hier unter der heißen Dusche in der Wohnung ihrer Kindheit genau am richtigen Ort. Sie hörte die Klingel. Sie reagierte nicht. Sie hörte ihr Handy. Sie reagierte nicht. Sie zählte von eins bis zehn und schaffte es nicht, bei zehn das Wasser abzustellen. Sie sagte das ABC auf, und bei Zett ließ sie es weiterlaufen. Irgendwann, als das Licht weniger wurde und die Nacht flüsterte, leg dich schlafen, Ritterin, bewegten ihre Hände die Griffe, und das Wasser verschwand. Die Handtücher hatte sie in die Altkleidersammlung gebracht, sie trocknete sich mit Klopapier ab, zog sich an und legte sich neben das Bett ihrer Mutter auf den Teppich.

Es wurde eine Nacht voller Träume.

Sie suchte auf ihrem Handy die Adresse der nächsten Polizeistation, es war nicht weit. Die Frau am Schalter notierte sich ihren Namen, ihre Adresse, dann die Daten zu ihrer Mutter. Geburtsdatum, Haarfarbe, Augenfarbe, Zivilstand, Beruf.

Bei Beruf sagte Rita, nichts.

Seit wann vermissen Sie denn Ihre Mutter?

Ich vermisse sie gar nicht, ich denke nur, dass man sie vielleicht suchen müsste.

Aber sie ist weg, und Sie wissen nicht, wo. Ist sie dement?

Nein, sie ist Alkoholikerin.

Also könnte es sein, dass ihr im Rausch etwas zugestoßen ist?

Vielleicht.

Besteht Gefahr? Suizid? Ein Gewaltverbrechen?

Rita hörte die Fragen, als kämen sie aus einem Lautsprecher. Sie dachte nach, sagte dann, ich glaube, sie hat sich verwandelt. Wie in einem Märchen. Sie kennen doch die Märchen, in denen eine böse Fee einen Fluch ausspricht, und erst wenn der Fluch gebrochen ist, erscheint die Figur wieder in reinster Schönheit.

Trinken Sie?

Nein. Aber ich muss etwas korrigieren …

Wie bitte?

Ich vermisse meine Mutter doch. Und ich mache keine Anzeige.

Die Frau am Schalter schüttelte den Kopf, zerriss das Papier, wendete sich ab und schimpfte, verarschen kann ich mich selber.

Auf dem Rückweg zur Wohnung fuhr ein Junge auf einem Rollbrett vor ihr und schwang Kurven, seine offene Jacke flatternd wie Flügel, eine Mütze auf seinem Kopf. Sie öffnete die Haustür, legte ihren Rucksack auf die Küchenablage, ging ins Schlafzimmer, riss die erste schwarze Tüte mit dem Etikett *Schrott* auf und nahm jeden Kugelschreiber, jeden Schminkpinsel, jedes Parfum noch einmal in die Hand. Sie blätterte die Seiten der Zeitschriften durch, sie schnupperte an der Bettdecke, sie sah die fast gelösten Kreuzworträtsel und die zittrige Schrift, sie flüsterte, wo bist du, und legte alles, was ihr antwortete, auf die andere Seite, sie schrieb dort mit schwarzem Filzstift an die Wand, *wichtig*.

Ein anderes Gefühl leistete Rita Gesellschaft, eine stille Kraft, eine seltsame Zufriedenheit, die sie bisher nicht gekannt hatte. Sie schickte Lukas eine Sprachnachricht, es ist für mich kein Problem, wenn du andere vögelst, solange du mir die Wahrheit sagst.

Dann wählte sie die spanische Vorwahl und die Telefonnummer, die sie im Internet gefunden hatte. Der Mann sagte in gebrochenem Englisch, er mache sich auf die Suche. Ein Paolo und eine Mechthild Riedner, so Gott helfe. Sie solle doch noch ein Foto mailen.

Rita holte den pinken Rollkoffer aus ihrem Kinderzimmer, öffnete den Reißverschluss und legte das Leben ihrer Mutter hinein.

Ein paar Monate später stellte ihr Lukas die Mutter seines Kindes vor, das demnächst schlüpfen würde. Rita sagte, sie wäre dann gerne so was wie die Tante und dass sie sich scheiden lassen sollten. Die andere Frau nahm sie in den Arm. Lukas sagte, ich will auch.

Sie joggten weiterhin zusammen.

Sie trafen sich, um Horrorfilme zu sehen.

Sie suchte sich eine neue Wohnung in einem anderen Viertel mit Blick auf die Gleise, sie beobachtete die Züge, diese leuchtenden Blindschleichen auf der Suche nach Unterschlupf.

Sie schrieb Herrn Gerstner, dass der Mietvertrag weiterlaufe, und der Frau mit den roten Nägeln und den roten Lippen, dass sie nur ein Zimmer behalten würde, das Kinderzimmer, die anderen könne sie haben. Sie würde einmal im Monat nach Hause kommen.

Nach Hause kommen.

Der Mann aus Mallorca sendete ihr Mails, dass in keinem Krankenhaus eine Mechthild Riedner ausfindig gemacht werden konnte und auch sonst nirgends. Es seien viele hier, die sich nicht anmelden würden. Er würde sie auf dem Laufenden halten. Vielleicht tauche sie ja doch noch auf, so Gott helfe.

Rita hatte im Badezimmer ein Regal mit dem Brief, dem Poesiealbum, dem lachenden Foto und der goldenen Kette mit dem Peace-Zeichen eingerichtet.

Am Geburtstag ihrer Mutter zündete sie eine Kerze an. Die Tentakel der Gefühle bewegten sich und streichelten ihre Nasenspitze.

DIESE VERDAMMTE ÄHNLICHKEIT

In einer halben Stunde würde er hupen, zwei Mal, wie in einem amerikanischen Film, wenn der schlanke Typ seine Auserkorene aus den spießigen Fängen der Eltern befreit, die hinter der Gardine alles beobachten. Zwei Mal hupen, damit hatte er ihr früher Eindruck gemacht.

Sie holte einen Teebeutel aus dem Vorratsschrank, ertränkte ihn im kochenden Wasser.

Zwei Mal hupen, und Loik würde seinen Rucksack schultern, die Mütze tiefer ins Gesicht ziehen, tschau rufen und gehen, ohne sie anzusehen, die Haustür zuknallen, und dann würde es still werden, sehr still und sehr leer.

Noch war er da.

Sie rief aus der Küche, nimm Schulzeug mit, nächste Woche hast du Bio, denk dran.

Keine Antwort.

Sie rührte mit dem Silberlöffelchen durch ihren Schwarztee, vermischte Milch und Honig, nahm einen Schluck, süß und bitter.

Sie rief, und sag Charly das wegen den Schuhen, du brauchst echt dringend neue.

Sie hörte Loik im Gang rumschlurfen, wie immer ratlos, unsicher, ein Außerirdischer, der weder hier noch dort war. Dieses schlaksige Wesen ohne Ziel. Loik hatte keinen Plan, was er mitnehmen sollte, jedes zweite Wochenende hatte er keine Ahnung, außer sein Handy, seine Mütze, sein Board.

Ines zog den Beutel aus dem Wasser. Erinnerte sie an Tampons.

Er motzte, Schule, du immer mit der Schule, es ist Wochenende, chill mal.

Ines stöhnte bei chill mal, fehlte nur noch, nach dem Komma, Alte!

Aber Bio ist doch spannend, Blutkreislauf, der eine voll mit Sauerstoff, der andere nicht …

Mann, es nervt. Mein Blut fließt auch so.

Zwei Mal hupen, damit alle in der Siedlung wussten, Charly ist hier, und er ist der, der hupt, wenn er etwas will. Und der sich nicht an Regeln hält, auch nicht an Unterhaltszahlungen.

Ines trat auf den Balkon, sah hinunter, wie er an seinem Volvo lehnte, eine Zigarette rauchte, in seiner verlotterten Lederjacke, sah, dass er zugelegt hatte, tatsächlich, also auch er, chill mal, Alter, dachte sie, verlierst langsam die Form. Da blickte er hinauf.

Sie erschrak. Sie hatte nicht gewollt, dass er sehen würde, wie sie ihn beobachtete.

Ihre Blicke trafen sich, sie hielt stand, rührte sich nicht, er guckte zu ihr, sie zurück. Beide bewegten sich nicht.

Pause. Standbild. Play.

Er warf die Zigarette weg, murkste sie mit seinem rechten Schuh ab, drehend auf der Glut, die sofort erloschen sein musste, und blickte zur Haustür.

Sie ging in die Küche zurück, schloss die Tür, berührte

mit dem Finger die Erde im Topf des Basilikums auf dem Fenstersims. Sie gab ihm Wasser, sie rief, viel Spaß, dann bis morgen Abend.

Loik war längst weg.

Sie spähte nochmals durchs Fenster, sah Charly, sah Loik, sah, wie sie sich einen Clap gaben, diese beiden schlaksigen Männer, die mal beide ihre Wertvollsten gewesen waren und die nicht mehr nach oben sahen, die Türen des Autos zuschlugen, davonfuhren. Es hupte zwei Mal.

Depp!

Die Sonne drängte sich um die Ecke vom Wohnblock gegenüber, schmiss einen messerscharfen hellen Strahl durchs Fenster auf den runden Tisch. Sie blieb im Nirgendwo zwischen Wand und Spüle stehen, trank den Tee leer, alle in der Stadt würden heute am Ufer des Sees entlangschlendern, Verliebte würden unsinnig viel küssen und einander Schwüre und Lügen in die Ohren flüstern, Kinder und Großeltern würden Schwäne füttern, dem Seifenblasenmann zuschauen, seine Blasen menschengroß durch die Luft wabernd, schillernd, von Staunen und traumtänzerischer Musik begleitet. Sie malte sich aus, in so einer Blase zu schweben und alles in diesem irisierenden Schimmer zu sehen. Vor den Restaurants würden Stühle ins Freie geräumt werden. Kinder würden mit kleinen Rollern durch den Kies schlingern, und Mütter würden ihnen hinterherrennen, und Väter würden dasselbe tun. Auf Instagram würden im Sekundentakt Fotos von Aperols im Gegenlicht gepostet werden, Kussmünder vor Seewasser, spiegelnde Sonnenbrillen in jungen Gesichtern.

Sie schrieb Karola, *wie wär's mit Weiberabend im Freien?*

Karolas erhobener Daumen kam schnell, sie saß wohl auch am Handy und wartete auf so etwas wie Lebensfreude von außen. *Am See?*

Ines schickte Daumen und Herzchen.

Karola schrieb, *hab Lilith dabei. Horst hat mich wieder mal versetzt. Drum vielleicht nicht zu spät. So um fünf?*

Dann halt mit Lilith, dachte Ines und schickte ein zwinkerndes Gesicht.

Hoffentlich würde Lilith nicht wieder eifersüchtig Karola in Beschlag nehmen und dauernd mit ihren schmutzigen Patschpfoten das Gesicht ihrer Mutter abtasten und mit beiden Händen deren Kopf umklammern und zu sich drehen und Küsschen geben. Das liebt sie, würde Karola sagen, mein Schmusekätzchen, meine Pimpernelle.

Dass Karola nicht merkte, welche Spielchen die Kleine mit ihr spielte. Wie sie von dieser süßen, viel zu bildhübschen, dunkelhaarigen, knopfaugigen Fünfjährigen manipuliert wurde. Zum Kotzen! Ihre Lust auf den Weiberabend verzog sich, wie Spaghettis im Mund von Loik.

Aber sie wollte raus. Also dann, Karola samt Nervensäge, besser als alleine sein.

Sie trödelte durch die Wohnung, das Umschalten von Mutter auf Mensch dauerte meistens bis zum dritten Kaffee. Sie hatte den loikfreien Samstag zu ihrem Freitag ernannt, an dem sie nichts musste. An dem sie sich bei Lena massieren ließ, um wieder mal gestreichelt zu werden, an dem sie auf den

Markt ging, Mönchsbart einkaufte und jungen Knoblauch, Tulpen von hier. Sie verbrachte ihre Samstage mit Smoothies, Sudokus, herabschauenden Hunden. Sie erzählte ihrer Frauenclique, das ist mein Wellnesstag. Und die Mütter unter ihnen sagten, der Vorteil, wenn man alleinerziehend ist, du hast alle zwei Wochen frei, wir nie.

Wir sind dauernd im Einsatz, twenty-four/seven.

Um fünf im Dampfschiff, einer Baracke am Ufer, mit bunten Stühlen, Indie-Sound, Couscous in Weckgläsern, dem besten Humus der Stadt, Blick auf den See.

Sie sah Karola schon von Weitem, winkend, mit riesengroßer Sonnenbrille, Filmstarstyle. Als sie einander umarmten, so fest, als wären sie MBF, dabei waren sie einfach beide Singlemoms, Unwort für Ines, Lieblingswort von Karola, kreischte Lilith, sie habe sich Aua gemacht.

Ines bestellte an der Theke zwei Drinks, Aperol, was sonst, und sah, wie Karola übertrieben den Daumen ihrer Tochter ableckte und trocken blies.

Ines änderte ihre Bestellung, nur einen Aperol, für mich Gingerbeer. Der Mann hinter der Theke trug ein kurzärmeliges T-Shirt, dabei war es noch nicht so warm, aber er wusste schon, warum, Ines sah seine Arme an, seine Muskeln, seine Sehnen, und gab ihm Trinkgeld. Er grinste.

Auf ihrem Handy erschien eine Nachricht von Loik, *hab meine Spange vergessen, falls du …*

Sie schrieb zurück, *keine Zeit.*

Sie trug das Tablett an den Tisch, er wackelte, Karola redete drauflos, sie prosteten einander zu, Lilith grapschte nach den Gemüsechips, die Schale kippte um. Karola schob die Oliven zur Seite, die verschluckt sich sonst, und Lilith schrie, Oliven, Oliven! Karola seufzte und gab ihr eine, aber nicht reden, wenn du eine Olive im Mund hast, Lilith, ganz vorsichtig, da kann man ersticken, so ist gut.

Karola lachte, dieses überforderte, schrille, künstliche Wasbinichfüreinesupermomlachen. Sie sprang auf, wenn Lilith zu nah an den See rannte, sie gab ihr unsinnige Aufträge, such mal ganz weiße Kieselsteine, und Lilith brachte Zigarettenkippen. Karola holte aus ihrer Tasche Desinfektionsmittel, rieb die Händchen ihrer Tochter ein, die dann zu weinen begann, weil das brannte.

Ines trank ihr Bundaberg, holte eine weitere Runde, Karola sagte, die nächste zahle ich, dann erzählte sie von Horst, der eine andere habe, und wehe, der mache mit der Kinder. Das wäre das Mieseste, wenn er noch mal eine Familie gründen würde. Aber immerhin, Lilith ist und bleibt sein erstes Wunschkind, gell, Lililittelchen. Sie hat so viel von ihm, seine Ohren und seine Haut. Er ist immer bei mir. Das ist schon irre.

Karola kippte den Aperol in ihren großen Mund.

Dann fing sie an zu weinen, sie hatte bereits das dritte Glas getrunken, aber nicht gezahlt, Lilith war mittlerweile damit beschäftigt, Chips in den See zu werfen, Enten und Schwäne kamen näher. Sie vermisse ihn schon noch, den Horst, sie wisse auch nicht, was falsch gelaufen sei, sie würde ihn zurücknehmen. Mit all seinen Fehlern. So wie einen Lieblingspullover halt, den man aus der Reinigung abholt. Aber Horst und seine Trulla, voll die Karrieretussi …

Ines dachte nur, zum Glück kommt Horst nicht zurück, dieser Schönling, dieser Angeber, und dass sie nie mehr mit Charly zusammen sein könnte. Seit sie sich vor vier Jahren von ihm getrennt hatte, redeten sie nicht mehr miteinander. Nur noch Sprachnachrichten und so.

Zum Glück wart ihr nicht verheiratet, ich habe jetzt die ganze Scheidungssache am Hals.

Dafür bekommst du auch Geld, jammer nicht. Ines prostete ihr zu.

Karola trank, fragte dann, und du, wie geht's dir so, ich rede immer nur von mir.

Ines sagte, super, ich fühle mich frei, Loik ist echt ein toller Junge, also fast schon ein Mann, der hat ja bereits Stimmbruch. Wenn er sauer ist, krächzt er, ich muss dann immer total lachen, was ihn noch mehr scheppern lässt. Echt, Junge sein ist glaub viel schlimmer als Mädchen. Vielleicht verstummen die Männer, weil sie in der Pubertät so grässlich klingen. Da verlernen sie das Reden.

Ines dachte, das klingt doch nach einer richtig tollen Mutter, was ich grad gesagt habe.

Karola nickte, Stimmbruch ist scheiße, Lilith wurde langsam müde, krabbelte auf Karolas Schoß, sah Ines zornig an und schlief dann ein, die eine Hand hatte sie unter den Pulli von Karola geschoben und knetete damit deren Busen, mit der anderen lutschte sie Daumen.

Die braucht das, sie ist so sinnlich. Meine Kleine.

Noch eine Runde.

Ines beschloss, nie mehr an ihrem kinderfreien Tag Mütter mit Kindern zu treffen. Auf dem Nachhauseweg musste sic an Loik denken, er hatte auch viel von Charly. Seine hellen Augen mit den grünblauen Sprenkeln. Die O-Beine, die sie an Charly sexy fand, viel besser als X-Beine, O mussten es sein, und Loik hatte ihn auch, diesen Gang von einem Mann, der rumläuft, als hätte er den ganzen Tag auf einem Pferd verbracht und eine Kuhherde getrieben.

Als sie in die Wohnung zurückkam, ging sie in Loiks Zimmer. Die Bettdecke fläzte zerwühlt über den Rand der Matratze auf den Boden, überall Schulhefte, leere Red-Bull-Dosen, an den Wänden Plakate von Bob Marley und Billie Eilish. Auf dem Regal Staub, unzählige *Drei-Fragezeichen*-Bände, seit Jahren nicht mehr berührt, ein Lego-Auto, zum Zehnten hatte er sich das gewünscht und wochenlang daran gebastelt. Er hat Ausdauer, hatte sie damals gedacht. Das Lego-Rettungsauto mit Bahre war für Ines der Rettungsanker, wenn sie befürchtete, dass Loik wie sein Vater werden könnte. Daneben sein Kaktus, er schien sich wohlzufühlen im Chaos und bildete einen kleinen Ableger. Ein stachliges Baby, das sich am Rand der Hauptkugel gebildet hatte.

Fenster auf, frische Nachtluft reinlassen, Dosen wegräumen, Bett machen, die Zahnspange zwischen Kissen und Krokodil. Knapp zehn Minuten, und aus Loiks Durcheinanderland wurde ein freundliches Bubenzimmer, einfach ohne Bub. Neben seinem Bett ein Foto von ihnen zu dritt. Auf dem Pedalo. Charly lachte breit, Loik sah aus, als wäre er seine Kopie, nur dreißig Jahre jünger.

Als er zur Welt gekommen war, meinte die Hebamme, der Vater ist eindeutig zu erkennen.

Charly sagte, starke Gene eben.

Nein, ein Trick der Natur, damit Väter ihre Kinder als ihre eigenen annehmen. Darum sehen Babys oft ihren Vätern ähnlich, aber das ändert sich im Lauf der Jahre.

Bei Loik nicht, bei Loik wurde es immer stärker. Vor Kurzem sah Ines nur seine Hände an, als sie beim Chinesen essen waren, wie er die Stäbchen hielt mit diesen langen, knochigen Fingern, sie sah die Hände und sah Charly. Immer öfter. Klarer. Unerträgliche Ähnlichkeit.

Jedes Mal wenn Loik ins Dadweekend zog, hatte Ines dieses Ritual in seinem Zimmer. Diesen Drang, sein kleines Leben in Ordnung zu bringen, seine Sachen zu berühren. Wenn er weg war, konnte sie ihm näher sein. Ohne Loik konnte sie Charly ausblenden. Sie nahm die Spange, machte das Licht aus, ging ins Bad, legte die Spange in ein Glas mit Reinigungstablette.

Ob Charly Sex hatte?

Ines hatte keinen mehr, schon länger. Karola war noch zu frisch getrennt, als dass sie sie schon danach fragen konnte. Wie machten das die Frauen mit ihren Kindern ohne Männer?

Callboys? Dildos? Tinder?

Ines hatte ein paar Affären gehabt, schon länger her, und jedes Mal kam es ihr vor, als betrüge sie ihn. Ihren Sohn.

Sie schlief mit der Hand zwischen ihren Schenkeln ein.

Dann Sonntag, diese verhassten Stillstandtage, diese viel zu stillen Tage, diese Happyfamilytage. Ines traute keinem Sonntag. Sie hatte ihn zu ihrem Montag gemacht. Wenn Loik nicht daheim war, verschwand sie im Keller. Sie nannte ihn die Firma.

Im Radio lief *Haus am See*. Sie stellte es lauter, tanzte dazu, packte Handy und Laptop, sang, *ich suche neues Land mit unbekannten Straßen, fremde Gesichter, keiner kennt meinen Namen.*

Danach ging sie in die Firma. Vorbei an verschlossenen Türen, Düfte und Geräusche wahrnehmen und sich ausmalen, was für Menschen das waren. Diese junge Familie mit den Zwillingen, das Ehepaar mit dem Schrebergarten, diese seltsame Alte im Parterre, sie kannte ein paar von ihnen, niemanden näher.

Sie öffnete das Vorhängeschloss, schaltete das Licht in ihrem Abteil ein. Die Wände voller Regale, voller Schachteln, fein säuberlich mit der Etikettiermaschine angeschrieben, ein kleiner Tisch, Radio, Kaffeemaschine. Ein Glas mit Holzstäbchen verströmte Orange und Vanille, war gut gegen den modrigen Kellergeruch. Sie legte handgestrickte Häubchen und Söckchen aus zarter Bioschurwolle in kleine, weiße Kartonschachteln, ließ Herzchen aus Recyclingpapier drüberrieseln, schob das Seidenpapier zusammen, knotete karierte Bändelchen drumherum, eine doppelte Schleife, ein Kärtchen dran, *das Glück des Lebens in jeder Masche für dich, Elias, Katharina, Franz, Alana …* und wie sie alle hießen, die vor Kurzem geboren worden waren.

Ihr Online-Handel wuchs mit jedem Monat, an dem sie Charly länger los war.

Ines hatte die Idee dazu nach Loiks Geburt, bei ihren Spaziergängen mit dem quengelnden Baby, Jungs halt, Koliken, nicht zu beruhigen, Charly fertig mit den Nerven, nur noch am Rumschreien. Baby und Mann, beide viel zu laut, da war sie mit dem Baby im Tragetuch in den Park des Altersheims geflüchtet, die alten Kastanienbäume, die Ruhe mitten in der Stadt. Sie hatte die runzligen weißhaarigen Frauen, die auf Bänken im Schatten saßen, kennengelernt. Sah, wie sie strickten, Wollsocken für den Weihnachtsbazar.

Sie hatte gefragt, ob sie auch anderes stricken könnten. Mützchen, Jäckchen, Fäustlinge. In bunten Ringelmustern, in speziellen Farben, Currygelb und Pistaziengrün, Lavendelblau und Lindgrün, in Lebensbunt.

Sie konnten.

Ines hatte manchmal den Eindruck, die Frauen würden lächeln, während sie diese farbigen Reihen strickten, wie sie das Garn durch ihre alten Finger gleiten ließen und sich vielleicht daran erinnerten, wie sie selbst Babys hatten.

Ringel Reiherlei, handgemacht in diesem Land. Sie klebte die Adresse mit dem farbigen Sticker auf die Schachtel.

Sie kam sogar im Lokalfernsehen, weil auf einmal alle tollen Mütter ihren Kindern Mützchen von Ringel Reiherlei auf die Birne setzten.

Ines Meißner ist der Beweis für die Power von kreativen Müttern, dass man auch mit Baby noch Business machen kann, hatte die Moderatorin damals in die Kamera gesagt, und Charly hatte gemeint, dann kann ich mich ja jetzt zur

Ruhe setzen. Was er eigentlich sowieso schon immer getan hatte.

Sie hörte aus dem hinteren Teil des Kellers die Flöte. Diese Melodien, die nach Heimweh und Einsamkeit klangen. Sie summte mit. Wenn sie sich einen Kaffee machte, dann brachte sie ihm auch einen in sein Abteil hinter dem Lattenrost. Sie redeten nur wenig. Der schweigsame Mann mit dem faltigen Wurzelgesicht tunkte Zuckerstücke in den Kaffee und lächelte sie an.

Sie hatte mal gelesen, dass in antiken Gefäßen Tonspuren gefunden wurden, als wären beim Drehen der Lehmklumpen Geräusche mit hineingearbeitet worden. Sie wusste nicht, ob das stimmte, aber sie dachte, in meinen Stricksachen sind seine Flötentöne, sind die Stimmen der alten Frauen verwoben.

Loik kam wie immer zu spät am Sonntagabend zurück. Zigarettengeruch in seinen Kleidern. Er ließ seinen Rucksack im Gang liegen, das Skateboard lehnte er an die Wand, seine Schuhe landeten irgendwo schräg und quer auf dem Boden, wie frisch von den Füßen gefallen.

Hast du zu Abend gegessen?

Er nickte und holte sich Cornflakes aus dem Schrank, kippte Milch drüber, zu hastig, die Milch schwappte über den Schüsselrand auf den Tisch. Er schlürfte, feine Tröpfchen blieben an seiner Oberlippe hängen, in seinem Flaum von Haaren, die er sich vielleicht schon bald rasieren würde.

Dieser Mannmensch in ihrer Wohnung wurde ihr fremder. Er roch ungeduscht. Pubertierend.

Willst du eine Wanne?

Er verschluckte sich fast. Ich wasch mich, wann's mir passt.

Heute Abend zum Beispiel, dann kannst du frisch in die neue Woche …

Ich mach ja, wollte ich eh, der Rauch nervt.

Mich auch.

Er schüttete nochmals Cornflakes in seine Schüssel.

Und sonst so? War's gut?

Er nickte, Halfpipe, super Sound, ließ auf seinem Handy Musik laufen, die hat Dad live gesehen.

Der hört solche Musik, echt?

Ja, macht er, der weiß, was läuft.

Sie staunte, wie gesprächig Loik war.

Er sah sie kurz an, seine Mütze war nicht ganz so tief ins Gesicht gezogen.

Dieser Augenblick, wie damals, als sie Charly das erste Mal begegnet war, sie hatte einen Stuhl aus den Siebzigerjahren gesucht. Mein Jahrzehnt, hatte sie gesagt, er hatte sie durch seinen Secondhand-Designmöbel-Laden in der Fabrikhalle geführt und ihr Freischwinger, Spaghettistühle, Panton Chairs gezeigt. Mit jedem Hinsetzen fühlte sie sich wohler. Sie kaufte einen Panton Chair, der war zwar zu alt für sie, aber egal.

Sie saß bereits in jener Nacht auf Charlys Becken.

Sie stand auf, nahm einen Apfel, willst du auch?

Nein, ich mag kein Obst, weißt du doch. Dann sagte er leise, ich, also, ich möchte bei Dad wohnen, und dann weinte er, es schüttelte ihn, er schluchzte, er krächzte dabei, Ma, ich glaub, das wär besser. Für Dad wär's okay.

Sie wollte auch weinen, das wäre passend gewesen, konnte aber nicht, sie biss in den Apfel und sagte, ja, warum nicht.

Loik rannte in sein Zimmer und knallte die Tür zu.

Ich bin jetzt Wochenendmama, schrieb sie Karola am nächsten Morgen. *Loik zieht zu Charly.*

Karola rief sofort an. Das darfst du nicht zulassen, Charly schert sich keinen Deut um Loik, der bringt ihm nur kiffen bei und so Mist, Ines, ich meine, das bricht dir doch das Herz.

Ines sagte, du, bei mir klingelt's, der Postbote, neue Ware, ich muss.

Welches Herz, dachte Ines.

Sie würden in zwei Wochen Loiks Sachen holen, sie würde nicht in der Wohnung sein, sie würde allein wegfahren. Das hatte sie mit Charly abgemacht.

Er hatte gesagt, ich zahl dir dann aber nichts mehr.

Nichts mehr von was?, hatte sie gefragt, die paar Piepen, vergiss es.

Du musst mir dann Unterhalt zahlen.

Nimmst du ihn, weil du Geld brauchst?, hatte sie ihn gefragt und nicht bemerkt, dass Loik im Flur stand und keine Kopfhörer aufhatte.

Loik war in diesen letzten Tagen vor seinem Auszug noch schweigsamer. Als sie ihn fragte, ob er seinen Kaktus mitnehmen wolle, zuckte er mit den Schultern.

Dann lass ihn hier, ich kümmere mich um ihn, mach ich gerne. Und dein Krokodil?

Das brauch ich nicht, so ein Quatsch, kann weg.

Sein Krokodil, das auf allen Reisen dabei war, das jede Nacht von Loik umschlungen wurde. Ines wusste es, sie hatte in all den vierzehn Jahren, bevor sie ins Bett gegangen war, noch mal nach Loik gesehen, und immer, immer, immer hatte er sein Krokodil im Arm gehabt. Dieses schlafende Kind, das seinem Vater so ähnlich sah, selbst dann, wenn es seine Huskyaugen geschlossen hatte, klammerte sich am grünen Stofftier fest.

Ich werde mich auch um das Krokodil kümmern, sagte sie. Ich mag dein Krokodil.

Er nahm Schachteln mit und seinen Schreibtisch. Wie wenig Material ein junges Leben mit sich herumtragen musste. Ihre Regale voll mit Vasen, Bildern, Büchern, Erinnerungen.

Sie lehnte an der alten Bretterwand, verwittert, verbrannt, dunkel und warm, von der Sonne aufgeheizt. Sie hatte sich wenige Stunden vorher von Loik verabschiedet. Er hatte rote Wangen gehabt, sein Flaum immer besser sichtbar über der Oberlippe.

He, puuh, das wird bestimmt spannend. Und weißt du was, ich freu mich drauf, die Wochenendma zu sein. Dann hab ich mal die Sahne und Charly den Rest.

Loik hatte sich an sie gedrückt, sich an sie gepresst, so fest, als wolle er unter ihre Haut schlüpfen, zurück ins Nest, nie wieder weg, sie hatte seine langen Haare gestreichelt, seinen Geruch eingeatmet, der seltsam fremd war, nicht mehr das Kind, ein Mann schon fast. Loik hatte geweint, und sie hatte gesagt, du bist eine coole Socke! Mit vierzehn ausziehen.

Sie war froh, ihn nicht mehr jeden Tag sehen zu müssen. Er war viel zu sehr ihr Ex.

Zum Glück ist er weg. Ich hab ihm nicht gutgetan. Ich glaube, drum war ich auch so wütend auf ihn, über alles, was er tat, weil alles an ihm wie Charly war, ich bin echt froh, hatte Loik die Idee zu gehen, denn ich hatte schon lange den Gedanken, mich aber nie getraut, ihn auszusprechen. Ich meine, wie sagt man seinem Kind, ich will dich nicht mehr sehen? Das ist doch brutal. Irgendwie. Aber eben … gedacht habe ich das oft. Er hat genau seinen Gang, das macht mich fertig! Voll Copypaste.

Das alles hatte sie Karola erzählt, und Karola hatte geantwortet, du tickst nicht richtig.

Sie spürte die Sonne auf ihrer Haut, lehnte am Holz, sie liebte diesen Stall über der Waldgrenze, weit weg von allem, bei dem sie noch nie mit jemandem gewesen war. Immer allein. Allein wandern. Nur den eigenen Atem hören, das eigene Tempo wählen, Schritt für Schritt, im Einklang mit dem Herzschlag. Sie holte Luft, ließ den Atem frei, und dann drang aus ihrem Inneren ein Ton, ein Urlaut, ein Grollen, so stark, so kraftvoll, so von tief, dass ihn die Felswände zurückschmetterten und das Echo ihr die Augen öffnete. Sie blinzelte in die Sonne.

Sie hatte Loik damals nicht so richtig gewollt, Charly hatte sie überredet, das ist unser Kind, unsere Liebe, wir ziehen das zusammen durch. Er zog dann vor allem nächtelang mit Kumpels um die Häuser. Die ersten drei Monate der Schwangerschaft waren wie Puderzucker verflogen, sie hatte die Zukunft geahnt und sich von der Gegenwart einlullen lassen. Von Charlys Nähe, von seiner Begeisterung, von ihrer Lust, von ihrem Körper, der ihr zu spüren gab, dass er einen Menschen ausbrüten wollte. Der Bauch wuchs, ihre Zweifel blieben, doch dieser Mensch klopfte von innen an. Die Einzige, die bei all dem unbeteiligt war, lehnte knapp fünfzehn Jahre später alleine in der Sonne an der Wand und war erleichtert.

Loik stand neben ihr in der Schlange, er war wieder gewachsen. Je weniger sie ihn sah, umso rascher wurde er anders, größer, mehr Mann. Mehr er selbst. Sie konnte sogar wieder in seine Augen schauen, ohne an Charly erinnert zu werden. Er hatte sich die Haare geschnitten und grinste.

Meinst du, du schaffst das?

Sie grinste zurück, he, wer bin ich, klar, ich schaffe alles.

Sie knuffte ihn in die Schulter, er lachte.

Dann wurden sie angeschnallt, sie saßen zuvorderst. Er sagte, Mann, wie lange habe ich davon geträumt!

Die Blue Fire schoss durch die Luft, schlug Saltos, verdrehte sich, Ines und Loik streckten die Arme in die Höhe, wurden durchvibriert, ihr Zwerchfell bebte, sie kreischte, Loik brüllte, boaaaaah.

Er hatte keinen Stimmbruch mehr.

Sie fuhren drei Mal hintereinander. Dann fragte sie ihn, Lust auf Mandeln und Fischsemmel?

Gleichzeitig?

Klar.

Loik hakte sich bei ihr unter und sagte, Charly findet den Europapark totale Konsumkacke.

Ines sagte, du gefällst mir.

WEICH GEPRESST

Helles Neonlicht, übervolle Regale bis zur Decke, bunte Schilder in Pink, Orange, Gelb, schreiende Farben, kauf mich, nimmmichmit. Prozente, halbe Preise, jetzt oder nie. Der Geruch von Farben, Waschpulver, Plastik, von frisch gesägtem Holz nach Maß. Aus einem Lautsprecher schepperte Rap. Schwarze Glubschaugen an der Decke, in den Ecken, die alle beobachteten, die hier etwas suchten und oft nicht wussten, was genau, und vor allem so spät. An der Eingangstür, die immer offen war, flimmerte eine Leuchtschrift in Türkis *ten to ten.*

Ten toten, las Claudia, als sie hereinkam.

Ten to ten, es war halb neun, draußen eine sanfte Dunkelheit, reichlich Zeit also für Schachtel, Sand, Sonnencreme.

Claudia sagte dem Mann an der Kasse, hallo, alles gut, er nickte, und bei dir, super, bestens, klasse. Sie kannten einander, vom Sehen, vom Einkaufen in all den Jahren. Eigentlich kannten sie einander gar nicht, aber irgendwie waren sie doch vertraut.

Mein Dorf, nannte Claudia das Viertel, in dem die ganze Welt lebte.

Sie schlenderte durch die Gänge, nahm eine Packung bunter Plastikwäscheklammern, eine Blumenkette aus Stoff, nein, drei, voll kitschig, knallfarbig, einen Besen mit Borsten in Regenbogenfarben und passender Schippe dazu. Alles weit gereiste Gegenstände, in Containern über Meere, durch hohe Wellen, salzige Gischt am Rumpf, und jetzt waren sie hier in ihrem Lieblingsladen gelandet. Sie suchte einen flachen, großen Behälter, entdeckte Bottiche, Kartonboxen, Kleiderschachteln, nichts Passendes. Sie fragte Tacker an der Kasse danach.

So eine, die man unters Bett schieben kann?

Ja, genau, aus Plastik, muss dicht sein.

Tacker überlegte, klickte am Computer, sie beobachte seine lackierten Fingernägel, die über die Tasten huschten, seinen Blick auf dem Bildschirm, die Augen, die etwas suchten, die Stirnfalte zwischen den gezupften Brauen.

Im Lager, da sollten wir noch was haben. Ich kann jetzt nicht weg, bin allein, aber du kennst dich ja aus.

Er gab ihr den Schlüssel mit einem riesigen Schraubenzieher dran.

Sie ging aus dem Laden, in den Hinterhof, zum Lager hinter der Blechtür. Die Laterne an der Hauswand warf nur spärlich Licht, sie musste das Schloss suchen, hörte Geräusche, drehte sich um, ein Paar auf der Suche nach Dunkelheit für Küsse, die geheim bleiben sollten. Sie hatte das Gefühl, die Frau schon mal gesehen zu haben.

Drinnen tastete ihre Hand die Wand ab, rechts von der Tür, spürte den Lichtschalter, drehte ihn. Die Neonröhren flackerten, bis sie aufgeladen waren. Claudia ging hinein, bei den Autoreifen, hatte Tacker gesagt. Sie entdeckte den Turm aus quadratmetergroßen Plastikschachteln, jede etwa zwanzig Zentimeter hoch, mit Deckel. Sie würde darin Platz haben. Knapp, aber doch, und unters Bett würden sie auch passen. Sie nahm zwei davon, für alle Fälle.

Tacker hatte die Musik lauter gestellt, als Claudia aus dem Lager zurückkam, im Laden wurde gelacht, Wortfetzen flogen über den Kassentisch, Mackersprache mit Akzenten, Tacker hinter der Glasscheibe, wie ein Kunstwerk, im Pailletten-Oberteil, seine Fingernägel an diesem Abend in Silber, die schwarzen Haare über der Stirn wie immer zu einer kleinen, dreieckigen Spitze geformt. Starr und glänzend.

Toblerone-Tolle da oben, hatte sie ihm mal gesagt und auf seine Frisur gedeutet. Er hatte laut gekreischt, Toblerone-Tolle durch den Laden gebrüllt, keiner konnte sich so sehr begeistern wie er. Er hatte sich vor ihr verbeugt und seine rechte Hand auf sein Herz links unter seine schmale Brust gelegt. Er hatte ihr einen Kuss durch die Luft geblasen. Das war der Anfang ihrer langen Freundschaft, die daraus bestand, einander in Ruhe zu lassen.

Sie gab ihm den Schlüssel zurück.

Passen sie? Die Schachteln, sind sie das, was du suchst?

Perfekt. Ich brauch nur noch Sand. Feinen Sand.

Er kräuselte seine braun gebrannte Stirn. Was planst du denn?

Sie zuckte mit den Schultern.

Sand ist schwer, nimm lieber kleine Säcke. Hinten beim Gips.

Sie holte einen Einkaufswagen und belud ihn mit sechs Säcken, feinster Sandkastensand.

Bei den Malersachen holte sie noch eine Abdeckfolie, zwanzig Quadratmeter, größer als ihr Zimmer. Dann bestellte sie sich einen Uber, zahlte, und Tacker formte seine Lippen zu einer Schnute.

My Love, mach's gut, mach keinen Mist, mach Quatsch.

Sie lachte, kennst mich doch.

Sie hatte einen der Sandsäcke auf dem Schoß, wie ein schweres Tier. Unzählige Körner, so wertvoll, so ungeschätzt. Sie spürte das Gewicht, die Dichte, die allein dadurch entstand, dass sie aufeinanderlagen, aneinandergepresst, ohne Luft dazwischen, nur Kontakt und doch keine Verbindung zwischen den Bonsaisteinchen. Sie würde den Sand befreien, ihn durch ihre Finger rieseln lassen, sein Weichsein spüren.

Unter ihrem Mikroskop an der Technischen Hochschule hatte sie Sand analysiert. Jedes flohschisskleine Körnchen war einzigartig. Es hatte ihr damals fast den Atem geraubt, als die Originalität innerhalb der Masse sichtbar wurde. Sie fragte sich, ob ihre Kommilitonen in der Geologie mit den dunkelblauen Fleecejacken, verwaschenen T-Shirts und Wolfskin-Hosen Originale waren. Oder doch austauschbar.

Sie fand Sand spannender.

Claudia hatte begonnen, Sand zu sammeln. Nie mehr als einen Teelöffel. Sand vom See, vom Fluss, von Baustellen, von Kinderspielplätzen. In kleinen Tütchen, wie eine Kommissarin bei der Spurensicherung. Staub von ihrem Fensterbrett, es hatte sich in den letzten Wochen orangefarbener Flugsand abgelagert. Saharasand, sagten die Leute. Sie hatte ihn mit einem Pinsel in ein winziges Reagenzglas geschoben. Beschriftet. Untersucht. Ihre Sammlung wuchs. In Tackers Laden hatte sie Farben gekauft, einen Kasten mit Acryltuben in zwanzig Tönen, Leinwände, Pinsel, und sie hatte begonnen, Sand zu malen. Formen von Sand. Farben von Sand. Sie hatte Gary Greenberg gemailt, ob sie seine mikroskopischen Kunstwerke von Sand als Vorlage für ihre Bilder verwenden dürfe, und ihm ein Foto von ihren ersten Versuchen drangehängt. Er hatte zurückgeschrieben und sie ermuntert. Sie solle art als door verstehen, als Tür zum unermesslichen Reichtum der Natur. Ihre Bilder seien Wertschätzung.

Sie malte sich aus, ihn eines Tages auf Hawaii zu besuchen.

Die Sandsäcke schleppte sie zusammen mit dem Uber-Fahrer, Dirk oder so, in den Lift. Sie sahen einander an, diese seltsame Intimität in diesem engen Raum aus Stahl, die Stille, nur das Surren der Seile.

Baust du was?, fragte er.

Claudia fragte, bauen? Daran habe ich noch nie gedacht.

Irgendwann bau ich mir ein Haus, an irgendeinem Meer.

Davon träumen doch alle.

Und du?

Kein Haus, brauch ich nicht, aber Meer, ja, das schon.

Sie bot ihm ein Bier an, hatte aber nur Eve mit Litschi-Aroma, er nahm es, trank es stehend im Treppenhaus in einem Zug, dann drückte sie ihm noch einen Zehner in die Hand.

Danke fürs Helfen.

Er sagte, man sieht sich, sie dachte, warum? Sie schloss die Tür hinter sich, hängte die Blumenketten innen an die Klinke und hörte ihn durchs Treppenhaus hinunterrennen.

Sie zog die Socken aus, lief barfuß durch ihre Wohnung, rückwärts, sie rollte die Füße von den Zehenspitzen her ab bis zu den Fersen, langsam rückwärts, ohne zu schauen, sie berührte den kleinen Schreibtisch direkt neben ihrem Bett, sie drehte den Blick nicht nach hinten, was ja das Vorne war, wenn man rückwärts ging, sie dachte an Eurydike, die für immer verloren war, weil Orpheus seinen Blick umgewandt hatte. Dieser unfassbare Idiot, liebesblind. Sie würde stärker sein als er. Sie würde sich retten. Und nie lieben. Was ihr nicht schwerfiel.

Sie trat auf etwas Borstiges. Ihre Bürste, am Boden, sie kämmte sich ihre langen Haare immer kopfüber, warf dann den Kopf nach oben, ein wilder Wust türmte sich über ihrem Schädel. Sie ließ ihn wild und zerzaust, wühlte mit den Händen noch mehr Chaos ins Haar. Irgendwann Dreadlocks, vielleicht.

Sie kickte die Bürste mit dem Fuß weg, unters Bett.

Sie ging in den kleinen Gang, der zu nichts führte, denn die Wohnung hatte nur ein Zimmer und ein winziges Badezimmer, die Küche war in einem Schrank neben der Garderobe. Es war keine Küche, es war einfach etwas, das warm machen konnte.

Rückwärts gehend kam ihr ihre Wohnung größer vor.

Sie nahm einen Schluck Eve. Sie schloss die Augen, Geräusche wurden lauter, als sich ihre Lider über die Pupillen legten, sie hörte ihren eigenen Atem, die Flasche, die gegen etwas dengelte, gegen den Türrahmen, draußen die Straßenbahn. Sie ging in Richtung Schreibtisch, schob blind Papier zur Seite, das irgendwann mal ihre Abschlussarbeit über Sand und moderne Architektur werden sollte. Häuser aus Glas, die Sand raubten aus Ozeanen, die Sand fraßen, und keiner kämpfte gegen diese durchsichtigen Monstergefäße für Menschen. Sand hatte keine Stimme. Dabei war Sand doch so niedlich. Für Pandas wurde Geld gesammelt, für Delfine, für Robben, für Gletscher, weniger, aber immerhin, sogar für die. Claudia würde sich an einen Bagger ketten müssen, irgendjemand musste es tun.

Sie dachte an Greta und trank das Bier leer. Stellte die Flasche auf den Schreibtisch, öffnete die Augen, ging vorwärts, holte ihr Handy, loggte sich in ihrer Boombox ein. Dann sang Weldon Kekauoha das Queen's Jubilee, mit seiner mädchenhaften Stimme, Claudia bewegte sich sanft dazu, ließ ihr Becken wie eine Welle hin und her wiegen. Sie hörte und sah Weldon im Abendlicht, um ihn herum Südseegesichter, Palmen, Münder, so unendlich sanft, so unendlich zart, so unendlich anders als alles, was sie kannte, sie hob die Hände zur Decke, ihre Finger malten Ornamente in die Luft, sie öffnete die Fenster, lehnte sich hinaus, die Arme weit von sich gestreckt, es duftete nach Meeresbrise, ihre Haare flogen davon, sie brauchte Sand unter den Füßen, um den Boden nicht zu verlieren und aus dem Fenster ihrer Wohnung zu schweben.

Ihre Haare luden sich statisch auf, als sie die Abdeckfolie aus der Verpackung zog und neben ihrem Bett ausbreitete, es knisterte, raschelte, dann stellte sie die beiden Plastikbehälter drauf, holte eine Schere, stellte einen Sack in eine der Kisten, stach mit der Schere rein, ein Mal, zwei Mal, Sand perlte heraus, sie stach immer wieder zu, die Schere mit beiden Händen haltend. Sie schüttete den Sand aus, berührte ihn mit den Fingern, sie setzte sich hinein, vergrub ihre Füße, kühl waren die Quarze, sie zog sich aus, kringelte sich in das Quadrat samt Strand zu einer Muschel. Zwischen ihren Zähnen knirschte es.

Sie sah die Blumenketten an der Tür hängen, wischte mit dem neuen Besen ihre Füße sauber, holte die Blumen, legte sie sich feierlich um den Hals, alle drei, das nächste Mal würde sie bei Tacker viel mehr davon kaufen.

Sie tanzte nackt im Sand, drehte sich, kannte die feinen Bewegungen der Hula-Tänzerinnen, nicht dieses bescheuerte Unter-einem-Holz-Durchwippen, sondern diese leise Sprache mit Händen und Hüften, das hingebungsvolle Anbeten der Welt, der Wunder. Sie kam außer Atem, holte sich etwas zu trinken und einen Kimono aus dem Bad, lehnte sich an die Wand, die Wand, die zwischen ihr und ihm lag. Den Rücken dranpressen und spüren, sich umdrehen, an ihn schmiegen. Ob er nah war? 17,5 Zentimeter entfernt, tragend, zu wenig gedämmt, die Wand. Was gut war. Denn so konnte sie ihn immer hören.

Alles von ihm und seinem Leben.

Gemurmel.

Klassische Musik und Sex.

Schnarchen. Zufriedenes Atmen.

Ihr Hörspiel.

In der unentschlossenen Zeit zwischen Winter und Frühling hatte sie ihn zum ersten Mal bemerkt, er hatte Besuch gehabt. Jemand, der laut atmete und seufzte. Immer wieder.

Sie hatte angefangen, auf die Uhr zu sehen. Es gab keine fixen Zeiten. Die Lust nebenan hatte keine Termine.

Claudia presste sich an die Wand, verschwitzt vom Drehen, vom Tanzen, benommen vom Bier und vom Glück, sie hoffte, er würde sie spüren können, so wie sie ihn.

Gary aus Hawaii schrieb ihr, sie solle kommen, sie könne hier malen.

Die Tage kamen, die Nächte blieben, es wurden immer mehr Bilder.

Als sie, ohne geschlafen zu haben, frühmorgens aus dem Haus ging, sah sie seine Schuhe auf dem Teppich vor seiner Wohnung. Voller Erdkruste und Gras. So, als hätte er sich durch die Wildnis gekämpft. Sie ging hinüber, hob einen der Schuhe hoch, zupfte ein Klümpchen ab, legte es ins Tütchen, nahm es mit ins Labor.

Den Vormittag verbrachte sie mit Studien über die Energiebilanz von Glasfronten, Glas, diese Mischung aus Pottasche, Quarzsand, Soda und Kalk, als großflächiges Baumaterial eine ökologische Katstrophe. Sie las von Riesenschläuchen, die Sand vom Meeresboden saugten, der dann in Beton gemischt zu kalten, starren Wänden werden würde, irgendwo, auch hier in der Stadt. Sie las von leer geschlürften Muscheln, die in La Rochelle gesammelt und zermahlen wurden, zu Muschelsand, und sie stellte sich vor, wie aus Jakobs, Mies, Venus und Austern Siedlungen wurden. Riffe über Wasser.

In der Mittagspause holte sie das Tütchen mit dem Erdklumpen aus der Tasche, das Braun von seiner Sohle wurde unter dem Mikroskop zu kantigen, schroffen Bruchstücken in Brauntönen. Unspektakulär. Er hatte das Treppenhaus total versaut, Brocken auf jeder Stufe. Ihr hatte das gefallen. Spurenlesen. Die Verwaltung würde sicher wieder schreiben. An die Mieter, immer nur die Mieter. Nie an die Mieterinnen. Dass es verboten sei, mit Bergschuhen durchs Treppenhaus zu gehen. Es sei auch verboten, damit Lift zu fahren. Es sei verboten, zu leben und zu lachen.

Sie würde nachher Sand auf seine Schuhe rieseln lassen.

Sie hatte allein Silvester gefeiert, sich mit Tinte und einer Nadel einen Pfeil in den Arm geritzt, der nach vorn zeigte. Sie hatte beschlossen, viel mehr barfuß zu gehen. Und sie würde nur einmal fliegen. Oneway für immer. Und der Pfeil würde ihr die Richtung zeigen.

Silvester war vorbei, das Jahr wurde immer älter. Die Zeit drängte. Der Frühling schubste sie.

Sie schrieb, *ich mach eine Party, kommst du?*

Tacker antwortete, *zu wievielt?*

Du und ich und ganz viel Sand. Und vielleicht ein Riese.

Bin dabei, ich bringe noch Elfen mit.

Claudia klopfte an die Wand. Tok tok toktotok. Immer wieder, sie hörte seine Schritte.

Er klopfte zurück. Tok tok. Mit Fragezeichen, schien es ihr.

Sie tokten weiter. Dann hörte er auf. Sie ging ins Treppenhaus, er lehnte im Türrahmen. Sie hatte ihn noch nie gesehen. Nur immer seine Schuhe, so groß, Nummer 45 mindestens.

Warum klopfst du an die Wand?

Ich bin deine Nachbarin.

Ja, klar, das weiß ich.

Echt?

Ja.

Ich bin Claudia.

Nikos.

Ich muss dir was erzählen.

Wie bitte?

Ich fahr nach Hawaii und mach heute Abend eine Party, es könnte laut werden.

Hawaii. Crazy.

Kannst auch kommen.

Nach Hawaii?

Ja, klar, aber vorher zu mir.

Er brummelte. Er trug einen Bart. Er war kein Riese, er war ein Bär.

Ab wann?

Ab zehn.

Er nickte. Und die Klopferei?

Einfach so.

Er sagte, tschau, und schloss die Tür.

Weißer Sand ist die Kacke von Papageienfischen.

Treibsand kann nicht töten.

Flugsand wird aus seiner Heimat vertrieben.

Ten to ten. Sie drehte die Musik laut auf, ließ ihre Haustür offen, im Treppenhaus echote die wild gewordene Ukulele von Taimane. *Fire.* Claudia hatte Bettdecke und Kissen unter das Bett geschoben und auf der Matratze eine Tischdecke ausgebreitet, sie hatte allen im Haus geschrieben, dass es laut werden könnte heute. Dass es zu essen und zu trinken gebe. Dass sie kommen könnten. Alle.

Einfach ohne Schuhe.

Am Eingang hatte sie Sonnencreme hingestellt und einen Zettel dran, *bitte eincremen und dann eintreten.*

Sie trug ihren gestreiften Badeanzug, ein Tuch um die Hüften, in den zerzausten Haaren eine Sonnenbrille, die Blumenketten um den Hals. Der Pfeil auf ihrem Arm wechselte dauernd die Richtung. Jede Wand in ihrer Wohnung vollgehängt mit Bildern.

Dann kam Tacker. Und gab ihr zweidreivier Küsschen, er roch nach Sommer, er stellte ihr seine Elfen vor, die schönsten Männer mit weiß gebleichten Zähnen, sie wurde von allen umarmt. Sie verteilte bunte Becher mit blauem Curaçao, mit glitzernden Strohhalmen, Ananassaft und Kokosmilch.

Und dann kam Nikos. Er hatte noch Sonnencreme zwischen seinen Haaren im Gesicht.

Hab meine Haut nicht gefunden, sagte er.

Sie drückte ihm einen Drink in die Hand und stellte ihn Tacker vor.

Das ist der Bär.

Tacker sagte, ein Bär? Stimmt. Der reicht fast bis zur Decke.

Die Elfen kicherten.

Nikos sog am Strohhalm, dieses Glitzerschimmern zwischen seinen Lippen und den Haaren um seinen Mund. Claudia gab ihm einen Kuss auf den Bauch, weiter rauf kam sie nicht. Nikos brummte.

Sie drehte die Musik lauter, stellte sich in eine der beiden Plastikschalen und tanzte den Tanz der Königin, die die Wellen beschwört, dass sie die Fischer wieder an Land bringen sollen, zurück ans Ufer, an den Strand. Die Männer und ihre Beute aus dem Meer.

Es kamen immer mehr Menschen in ihre kleine Wohnung, Kinder spielten am Boden, bauten Burgen, schaufelten Sand aus den Schalen auf den Boden, bewarfen sich mit Sand, johlten. Es wurde enger, lauter, wärmer, wiegende Körper, aneinandergeschmiegt, Sonnencremeduft über allem, kaum noch Platz für Bewegungen, Haare, Hände ineinandergeschlungen. Von unten klopfte jemand mit einem Besenstiel an die Decke, die der Boden von Claudias Wohnung war, sie stampfte zurück. Sie zerriss die Blumenkette und ließ die Blüten über die Tanzenden und Lachenden und Singenden fliegen.

Sie spürte Tacker, den Bären, die Elfen, die Kinder, alle, sie wurde zusammengepresst, immer fester, immer mehr, bis kein Zwischenraum mehr zwischen ihr und den Menschen war und ihr Atem versiegte.

Verwittertes Gestein wird Sand.
Algen wachsen auf Sand.
Schluff ist kleiner als Sand
Kies ist größer als Sand.

Warum gibt es das Sandmännchen, fragte sich Claudia in dieser Nacht, als sie nicht einschlafen konnte, unter ihr lag der Bär, und sein Atem bewegte sie auf und ab.

Eine der Stoffblüten flog aus dem Fenster und hinaus über die Dächer der Siedlung, verliebte sich in ein Saharasandkorn und schwebte mit ihm auf und davon.

IM VORBEILEBEN

In einem winzigen Kellerabteil saß ein Mann und baute aus den Bruchstücken eines alten Bauernschrankes kleine Kisten, in die er seine Flöten legen würde wie in Bettchen. Die Schnitzereien, die Herzen und Blumenranken fanden ihren neuen Platz, der Schrank, den sie mal geziert hatten, war beim Flug aus dem Fenster gescheitert. Als wäre er ein Segelschiff gewesen, das an einem Felsen zerborsten und in tausend Scheite zertrümmert war.

Kaputt.

Der Mann klebte dunkelblauen Samt in die Holzkistchen, tiefblau wie das Meer von dort, wo er mal daheim gewesen war, und die Flöten sahen wie Schilfhalme aus, die auf den Wellen trieben. Er spielte zwischendurch, um die Töne zu spüren. Sie drangen aus dem Keller hinaus in die Siedlung. Tags und nachts.

Im Abendlicht spazierten zwei Kinder, sie führten einen Hund an der Leine, der humpelte. Sie stritten sich, weil das Mädchen die Leine hielt und diese dem Jungen nicht geben wollte. Der Hund musste pinkeln, und sie schauten ihm zu, wie er das hintere Bein hob und dabei wackelte. Der Junge streckte nochmals die Hand nach der Leine aus, das Mädchen wusste, dass sie beobachtet wurden, und gab sie dem Jungen.

Eine Frau in Sportkleidung blieb vor dem Haus stehen. Die Joggingrunde durch den Park, runter zum Fluss und wieder zurück, hatte sie außer Atem und zur Ruhe gebracht. Sie dehnte ihre Oberschenkel, legte den Kopf in den Nacken und dann wieder nach vorne. Sie sah unter dem Busch neben ihr Haare am Boden, lange Haare, bückte sich, sah sie genauer an, ohne sie zu berühren, und war erleichtert, dass es nicht die Haare ihrer Mutter sein konnten.

An einem Fenster lehnte eine Frau und rauchte eine Zigarette in tiefen Zügen, beobachtete die Kinder dort unten mit dem Hund. Sie drückte die Zigarette aus und rief Shield. Der Hund guckte nach oben, die Kinder auch, sie winkten. Die Frau verschwand in der Wohnung, kam zurück und warf kleine Hundekekse hinunter. Und Bonbons für die Kinder auch.

Nicht weit entfernt saß ein alter Mann mit langen Haaren auf seinem kleinen Balkon und pflückte sich eine reife Tomate. Er spuckte die Kerne aus, legte sie in ein Taschentuch, würde sie trocknen und im nächsten Jahr neue Tomaten daraus ziehen. Die Briefe aus Sizilien, von Hand geschrieben, landeten jede Woche in seinem Briefkasten. Immer dann, wenn er von seinem Bad im See zurückkam, las er sie. Er schrieb ihr zurück und erzählte von den Tomaten und der Wassertemperatur. *Jetzt ist er warm, der See.*

Eine Frau sagte, schau, das ist zu schön, wie Farbtupfer die beiden, und der Mann trat auf den Balkon, zwei Tonics in der Hand, und sah die Kinder, die seine waren, von oben. Er reichte ihr ein Glas, sie stießen an, er sagte, wir müssen nicht darüber reden. Sie fragte ihn, was er meine.

Die Herzchen in deiner Nachricht, die waren nicht für mich.

In Hawaii rannte eine Frau den Strand von Nimitz entlang und ließ sich fallen. Mönchsrobben und Meeresschildkröten sahen ihr dabei zu.

Eine Frau schickte ihrem Sohn eine Nachricht, er solle zum See kommen, sie habe was ganz Tolles. Der Junge fuhr mit seinem Skateboard los, hörte Bad Guy, so laut, dass er nichts von der Außenwelt mitbekam, und als er am Ufer angekommen war, sah er seine Mutter stehend auf einem Brett mit Paddel in der Hand mitten im See in der Abendsonne. Sie wackelte.

Neben dem Sandkasten lagen zwei Frauen und blickten in den Himmel. Sie kannten sich noch nicht lange, aber sie träumten zusammen, von einem Restaurant mit Suppen aus Gemüse von der Kommune. Sie sahen nach oben, es wurde nie dunkel genug in der Stadt, um all die Sternschnuppen zu sehen, die dennoch am Himmel herumsausten und von denen sie wussten, dass es sie gab.

Beim Abbruch des alten Kühlhauses in der Nähe der Siedlung wurde ein Fund gemacht, die Medien nannten sie die neuen Liebenden aus Pompeji, denn die Hände der beiden Alten waren aneinandergefroren, und eine Puppe klebte an der Brust der Frau. Von dem toten Paar wussten die Mieter im modernen Hochhaus, das später auf dem Gelände des Kühlhauses gebaut wurde, nichts mehr, sie lebten weit oben in ihren Luxuswohnungen und guckten aus gigantischen Glasfenstern, wie Menschen in Aquarien, auf die Gleise, Schrebergärten und Häuser und dachten, sie seien glücklich.

Ein hagerer Mann schlich im Dunkeln durch die Siedlung und suchte ihren Wohnblock. Er hatte Farbe und Pinsel dabei und schrieb *Feige!* an die Hauswand.

Die eingemachten Gurken aß der Bär mit Käsebroten. In seiner Küche hingen Bilder von Sandkörnern und am Kühlschrank eine Postkarte. *Mir fehlt nichts,* hatte sie geschrieben. Er hatte geantwortet, *du mir schon.*

Manche Wohnungen in den Häusern blieben ohne Licht.
Manche Wohnungen waren zum Ersticken.
In manchen Wohnungen lebte niemand mehr.
Doch der Klang der Flöte drang durch alle Wände.

DANK

Die Autorin dankt dem Aargauer Kuratorium für den Werkbeitrag Literatur zu diesem Band.

AARGAUER KURATORIUM

Verlag und Autorin danken der Kulturkommission Zurzach für die Unterstützung dieses Buches.

ZUR AUTORIN

Sybil Schreiber, 1963, ist in München aufgewachsen und lebt seit langem in der Schweiz. Die ehemalige Journalistin und Redakteurin wurde für die Arbeit an »Safranhimmel« 2022 vom Aargauer Kuratorium mit dem Werkbeitrag Literatur ausgezeichnet. Mit ihrem Prosadebüt »Sophie hat die Gruppe verlassen« wurde sie unter anderem an die Solothurner Literaturtage und zu »Leipzig liest« eingeladen. Gemeinsam mit Steven Schneider ist sie als »Schreiber vs. Schneider« auf deutschsprachigen Bühnen unterwegs.
Sie lebt im Aargau und in Graubünden.

www.schreiber-schneider.ch

Sybil Schreiber bei Salis

Sophie hat die Gruppe verlassen

Storys

Sybil Schreiber entwirft in ihrem belletristischen Debüt prägnante Geschichten in klaren, genauen Sätzen. »Sophie hat die Gruppe verlassen« ist voller Empathie für die Glücklosen. Manchmal böse, manchmal tragikomisch, manchmal melancholisch, aber immer mit Wärme und Nähe zu den gebeutelten Protagonisten.

Da ist zum Beispiel die Bibliothekarin, deren ausgeprägt präzise Beobachtungsgabe soziale Kontakte nahezu unmöglich macht. Die aussichtslose Suche nach dem Jugendhelden Winnetou. Und die titelgebende Sophie, die sich nach einem Partner sehnt, aber vielleicht nur, weil ihre Eltern dies für sie möchten.

Mit viel Feingefühl und sprachlichem Geschick lässt Schreiber ihre Leserinnen und Leser mithoffen und mitsuchen, sie zeichnet gekonnt mit wenigen präzisen Bildern ausgereifte Charaktere und Szenen. Sybil Schreiber, sonst mit Schreiber vs. Schneider Meisterin der zielsicheren Beobachtungen und Pointen im alltäglichen Familien- und Eheleben, zeigt sich in ihrem Prosa-Debüt von einer ganz anderen, unerwarteten Seite.

ISBN 978-3-906195-69-8
Gebunden, 12.5 x 19 cm, 144 Seiten
Auch als E-Book